Jean Cocteau

de l'Académie française

Thomas l'imposteur

HISTOIRE

Gallimard

La guerre commença dans le plus grand désordre. Ce désordre ne cessa point, d'un bout à l'autre. Car une guerre courte eût pu s'améliorer et, pour ainsi dire, tomber de l'arbre, tandis qu'une guerre prolongée par d'étranges intérêts, attachée de force à la branche, offrait toujours des améliorations qui furent autant de débuts et d'écoles.

Le gouvernement venait de quitter Paris, ou, suivant la formule naïve d'un de ses membres : de se rendre à Bordeaux pour organiser la victoire de la Marne.

Cette victoire, mise sur le compte du miracle, s'explique à merveille. Il suffit d'avoir été en classe. Les polissons l'emportent toujours sur les forts en thème, pour peu qu'une circonstance empêche ces derniers de suivre aveuglément le plan qu'ils se sont fait. Toujours est-il que le désordre vivace, vainqueur de l'ordre massif, n'en était pas moins du désordre. Il favorisa l'extravagance.

La fille d'un des hauts dignitaires de la République avait, dans Paris tranquille, transformé la maison de santé du docteur Verne en Croix-Rouge. C'est-à-dire qu'elle avait transformé le bas de ce vieil et magnifique hôtel de la rive gauche, et laissé le reste aux malades civils. Elle avait déployé dans cette œuvre charitable un zèle que rien ne refroidit, sauf le départ du gouvernement. Elle s'excusa, expliqua au docteur l'obligation où elle se trouvait de suivre son père, bien qu'elle fût d'âge à ne plus obéir.

Elle partit donc, laissant les salles pleines de lits et d'appareils, aux mains des chirurgiens, des infirmiers bénévoles et des Sœurs.

Le docteur Verne était spirite. Il négligeait la clientèle nombreuse à cause des spécialistes de premier ordre attachés à l'établissement.

Verne, qu'on soupçonnait de boire, s'enfermait une partie de la journée dans son cabinet, ancienne loge de concierge donnant sur la cour, et, de là, hypnotisait le personnel.

— Boitez, ordonnait-il à l'un. — Toussez, ordonnait-il à l'autre. Rien ne le distrayait plus que ces phénomènes ridicules. Il avait, par ruse, endormi presque toute la maison, et les patients, dès lors sous son influence, devenaient ses victimes. La clientèle le savait original, mais ignorait sa manie. Elle recevait sa visite quotidienne. Il se bornait à consulter la fiche de température et à prononcer, de chambre en chambre, quelques phrases d'hôtelier qui passe de table en table.

L'hôtel de Verne était l'ancien hôtel Joyeuse, rue Jacob. Le bâtiment, flanqué d'ailes neuves, s'élevait entre la cour ronde et le jardin. Les pièces du rez-de-chaussée grandes ouvertes, on apercevait ce jardin, une pelouse et des plates-bandes. Aussi, la façade triste ayant accablé le malade qu'on y amenait, avait-il, ensuite, la charmante surprise des arbres.

Dans une de ces chambres aux boiseries intactes mais ripolinées selon les règles de l'hygiène, couchait la fille de la princesse de Bormes. Cette jeune fille était opérée depuis peu de l'appendicite. La princesse, qui ne voulait pas se séparer d'elle, habitait une petite pièce voisine.

Madame de Bormes était, par force, une des seules personnes de son monde restées à Paris, après le départ pour Bordeaux. Elle se félicitait secrètement d'avoir un motif qui la retînt dans la capitale. Elle ne croyait pas à la prise de Paris. Elle n'y croyait pas parce qu'il était d'usage d'y croire, et, comme il arrive neuf fois sur dix, son tour d'esprit frondeur lui donnait une double vue. On ne l'en traitait pas moins de folle, et, le matin même du départ, Pesquel-Duport, son ami, directeur du journal *Le Jour,* l'ayant en vain suppliée de transporter sa fille à Bordeaux, lui cria qu'elle restait par vice et pour entendre les fifres jouer la marche de Schubert.

Ses vrais mobiles étaient d'un autre ordre.

Veuve, fort jeune, du prince, mort d'un accident de chasse deux ans après leur mariage, la princesse de Bormes était Polonaise. La Pologne est le pays des pianistes. Elle jouait de la vie comme un virtuose du piano et tirait de tout l'effet que ces musiciens tirent des musiques médiocres comme des plus belles. Son devoir était le plaisir.

C'est ainsi que cette femme excellente disait : « Je n'aime pas les pauvres. Je déteste les malades. »

Rien d'étonnant que de telles paroles scandalisassent.

Elle voulait s'amuser et savait s'amuser. Elle avait compris, à l'encontre des femmes de son milieu, que le plaisir ne se trouve pas dans certaines choses mais dans la façon de les prendre toutes. Cette attitude exige une santé robuste.

La princesse dépassait la quarantaine. Elle avait des yeux vifs dans un visage de petite fille, que l'ennui flétrissait instantanément. Aussi le fuyait-elle et recherchait-elle le rire que les femmes évitent parce qu'il donne des rides.

Sa santé, son goût de vivre, la singularité de ses modes et de son mouvement lui valaient une réputation épouvantable.

Or, elle était la pureté, la noblesse mêmes. C'est ce qui ne pouvait se faire comprendre aux personnes pour qui noblesse et pureté sont des objets divins dont l'usage est sacrilège. Car la princesse s'en servait, les assouplissait et leur communiquait un lustre nouveau. Elle déformait la vertu comme l'élégance déforme un habit trop roide, et la beauté de l'âme lui était si naturelle qu'on ne la lui remarquait pas.

C'est donc, de la sorte dont les gens mal habillés jugent l'élégance, que la jugeait le monde hypocrite.

Elle était née sous le signe des aventures. Sa mère, enceinte, trompée, folle d'amour, s'était attelée à la recherche du coupable, disparu depuis plusieurs mois. Elle l'avait découvert, dans une petite ville russe. Là, contre une porte derrière laquelle on entendait un dialogue, et où elle n'osait sonner, cette amoureuse était morte de fatigue et de douleur en mettant une fille au monde.

Cette fille, Clémence, avait grandi auprès d'un domestique ivrogne. A la mort de son père, une cousine l'avait élevée. Mais cette enfant muette, farouche, qui se protégeait instinctivement avec son épaule, se développa d'un coup, comme le rosier des fakirs.

La cousine, stupéfaite, la vit, après un bal, devenir turbulente. Elle poussait, s'épanouissait, fleurissait, au-dedans et au-dehors. Elle fut un vrai diable et l'organisatrice des fêtes de la jeunesse.

Enfin, après rencontre du prince de Bormes, voyageur diplomatique, elle se fiança en quatre jours. Le prince était ensorcelé. Elle, voyait à travers lui la France et sa capitale. Paris lui semblait le seul théâtre digne de ses débuts.

Il faut toujours un certain temps pour que la sincérité du premier jet s'étouffe, pour que le public se fige, craigne d'avoir montré du cœur et de s'être laissé prendre.

La princesse bénéficia d'abord de la surprise que causa son entrée en scène.

Peu à peu, elle choqua par son aisance et sa politique maladroite.

Elle touchait à ce qui ne se touche pas, ouvrait ce qui ne s'ouvre pas et parlait sur la corde raide, au milieu d'un silence glacial. Chacun souhaitait qu'elle se rompît le cou.

Après avoir diverti, elle dérangeait. Elle entrait dans le monde comme un jeune athlète entrerait dans un cercle et brouillerait les cartes en annonçant qu'il faut jouer au football. Les vieux joueurs (vieux ou jeunes), étourdis par tant d'audace, s'étaient soulevés de leurs fauteuils. Ils y retombèrent vite et lui en voulurent.

Mais, si ce caractère haut en relief et en couleur offensait les uns, il en séduisait d'autres. Ces autres étaient le petit nombre, celui même d'après lequel Montesquieu souhaitait qu'on jugeât au tribunal.

Aussi, d'imprudences en imprudences, la princesse de Bormes faisait-elle le plus adroit travail de filtre; éloignant d'elle le médiocre et ne retenant que la qualité.

Sept ou huit hommes, deux ou trois femmes de cœur, devinrent ses intimes. C'étaient juste ceux qu'une intrigante eût souhaité avoir et eût manqués.

Le reste, à cause du prince, dissimula des sentiments qui, après sa mort, devinrent une sourde cabale. La princesse vit dans cette cabale un moyen de lutte et de déployer sa force. Elle riait au feu. Elle complotait avec son état-major.

On lui reprocha de porter mal son deuil. Mais elle n'aimait guère le prince et répugnait à jouer un rôle de veuve inconsolable.

Le prince lui laissait une fille : Henriette.

Henriette tenait du prince l'admiration béate qui le paralysait en face de madame de Bormes. Clémence était née actrice, sa fille spectatrice, et son spectacle favori était sa mère.

C'était, du reste, le plus beau spectacle du monde, que cette personne qui attirait le surnaturel et autour de qui on eût dit que les anges volassent, comme les oiseaux autour de l'oiseleur.

Si une préoccupation la tourmentait, l'atmosphère devenait irrespirable. On sentait son rayonnement, quel qu'il fût.

Cette femme qui se moquait d'avoir la première place aux fêtes y voulait la meilleure. Ce n'est généralement pas la même. Au théâtre, elle cherchait à voir et non à se faire voir. Les artistes l'aimaient.

La guerre lui apparut tout de suite comme le théâtre de la guerre. Théâtre réservé aux hommes.

Elle ne pouvait se résoudre à vivre en marge de la chose qui avait lieu; elle se voyait exclue du seul spectacle qui comptât désormais. C'est pourquoi, loin de déplorer que des circonstances la retinssent à Paris, elle les bénissait et remerciait sa fille.

Paris, ce n'était pas la guerre. Mais, hélas, il en devenait proche, et cette nature intrépide écoutait le canon comme, au concert, on écoute l'orchestre derrière une porte que les contrôleurs vous empêchent d'ouvrir.

Dans cette soif de guerre, la princesse était aussi peu malsaine que possible. Le sang, la fièvre, le vertige des courses de taureaux ne l'attiraient pas. Elle y pensait avec dégoût. Elle plaignait les blessés, pêle-mêle. Non; elle était amoureuse folle des modes, légères ou profondes. La mode était au danger; elle mourait de calme. La jeunesse se dépensant et se prodiguant jusqu'à se jeter par les fenêtres, elle trépignait d'inaction. Elle aurait voulu que les événements l'aidassent, la soutinssent, comme la foule aide une femme à voir le feu d'artifice.

De si grands trésors ne se comprennent

pas. Ils paraissent suspects. Le monde avare vous accuse de battre monnaie.

En l'occurrence, la folie de l'espionnage accusait madame de Bormes d'être Polonaise, c'est-à-dire espionne.

Rue Jacob, elle plaisait. Elle en profita. Son génie la mit vite sur la piste d'un ingénieux moyen de prendre part aux événements.

Le bas de l'hôtel était une ambulance, mais une ambulance vide. Elle imagina de la remplir. Il s'agissait d'improviser un convoi, de recruter voitures et conducteurs bénévoles, d'obtenir les laissez-passer nécessaires et de prendre au front le plus de blessés possible. Elle fit miroiter la croix au docteur qui devint son complice, sonna le branle-bas dans cet hôpital de Belle-au-Bois-dormant, secoua sa torpeur de chloroforme, exalta le patriotisme de la femme du radiographe. Elle monta, pièce par pièce, une vaste machine.

Le plus difficile était de trouver des voitures et des conducteurs. La princesse n'en revenait pas. Elle croyait une quantité de gens désireux de vivre double et de voir la mort de près.

Enfin, elle réunit onze véhicules, y compris sa limousine et l'ambulance de l'hôpital.

D'un coup d'œil, elle avait vu les avantages du grabuge, alors à son comble.

C'était l'époque où le vieil uniforme, en route vers le neuf, devenait méconnaissable. Chacun l'accommodait à sa guise. Et cette mue, si drôle en ville, était superbe aux armées : une avalanche de sans-culottes.

La princesse devina notre étonnante victoire révolutionnaire aux routes jonchées de bouteilles de champagne, de chaises et de pianos mécaniques.

Elle se représentait moins, avouons-le, les mascarades, les dentiers, les gros ventres, les gaz nauséabonds de la mort, et que, bientôt, chasseurs et gibier deviendraient des plantes face à face, des frères siamois réunis par une membrane de boue et de désespoir.

Elle sentait la gloire comme un cheval l'écurie. Elle volait à la suite de nos troupes.

Elle piaffait sous sa coiffe blanche. Elle sortait de la chambre de sa fille trente fois par jour et revenait lui rendre compte de ses démarches.

On ne reconnaissait plus la cour d'honneur, si digne, avec son pavé envahi d'herbe. Les moteurs ronflaient. Les véhicules reculaient les uns dans les autres. Les chauffeurs criaient. La princesse traînait Verne à ses trousses, distribuait les rôles.

Enfin, comme au fameux « Lâchez tout » du colonel Renard, assis au coin du feu, près de sa femme en train de tricoter, dans son dirigeable modèle qui ne voulut jamais partir, s'éleva de dix centimètres et retomba brutalement, le convoi ne partit pas le jour convenu. Il lui manquait un laissez-passer rouge.

Madame de Bormes, après une visite d'enjôleuse aux Invalides, avait cru obtenir le Sésame-ouvre-toi de la guerre. Elle n'emportait qu'un coupe-file, juste valable pour se rendre à Juvisy.

La déception fut d'autant plus grosse que le cortège s'était mis en branle à l'aube, au milieu des applaudissements des crémières et du personnel. Il lui fallut rebrousser chemin, et rentrer, trois heures après, à la queue leu leu, tête basse.

Mais l'impulsion était donnée. Rien ne pouvait l'interrompre. La princesse recommença ses démarches et la cour offrit derechef un spectacle d'usine.

Il poussait entre les fentes de cette cour d'étranges champignons.

L'orage de la guerre eut sa faune et sa flore, éteintes sitôt la paix.

Madame Valiche en fut un spécimen.

Éprise de drame, pour d'autres motifs que la princesse, elle s'était offerte au convoi comme infirmière-major. Elle amenait avec elle un mauvais dentiste, le docteur Gentil, qu'elle donnait pour chirurgien des hôpitaux. Elle était aussi laide, vulgaire et rapace que madame de Bormes était belle, noble, désintéressée. Ces deux femmes se rencontraient sur le terrain de l'intrigue. Simplement, l'une intriguait pour son plaisir, l'autre pour son intérêt.

Madame Valiche voyait dans cette guerre confuse une excellente eau trouble, une pêche miraculeuse aux récompenses. Elle aimait le docteur Gentil et le poussait. Elle joignait à ce mobile un goût maladif pour l'atroce.

La princesse confondait cet enthousiasme avec le sien. Elle devait bientôt s'apercevoir de leurs différences profondes.

Madame Valiche était veuve d'un colonel, mort des fièvres au Tonkin. Elle racontait cette mort et les péripéties du cercueil qu'elle ramenait en France. Ce cercueil, mal attaché à la grue qui le débarquait, était finalement tombé à l'eau. Elle se consolait avec le dentiste. Il avait une barbe noire, une figure jaune, des yeux d'almée.

Ce couple vivait en blouse et en bonnet de police. Madame Valiche avait cousu des galons sur son amant et sur elle-même. Elle suivait Clémence dans les bureaux où son aplomb et ses brassards faisaient merveille.

Mais, malgré tant de grâce d'une part et tant d'astuce de l'autre, le convoi restait un convoi idéal, cassant la tête des malades et donnant à l'ambulance l'aspect d'un ministère.

Ce fut cette cour bruyante et encombrée que vit un soir, par la porte large ouverte, un jeune soldat qui passait dans la rue. Il s'arrêta, s'appuya contre une des bornes et jeta sur ce tohu-bohu le regard avec lequel Bonaparte devait observer les Clubs.

Après avoir longuement hésité, il entra et se mêla aux mécaniciens.

Il paraissait si jeune que son uniforme

lui donnait un air d'enfant de troupe. Mais ce qui rendait sa jeunesse incroyable, c'était un mince galon de sous-officier, sur la manche de sa petite vareuse bleue. Sa figure, fraîche, animale, bien faite, l'introduisait plus vite que n'importe quel certificat.

Au bout de dix minutes, il aidait tout le monde et savait tout. Il savait même qu'on avait apporté, la veille, le général d'Ancourt, seul hôte d'une des chambres du rez-de-chaussée. Le général était l'ami du chirurgien-chef de la rue Jacob, et ce chirurgien avait obtenu que l'hôpital Buffon le lui cédât. On devait lui couper la jambe. Il délirait. Son ami gardait peu d'espoir.

De groupe en groupe, le jeune militaire finit par rencontrer le docteur Verne qui dressait avec la princesse une liste des membres de l'association.

— Qui êtes-vous? demanda Verne, toujours brusque.

— Guillaume Thomas de Fontenoy, répondit-il.

— Parent du général de Fontenoy?

Ce général était alors en grande vedette.

— Oui, son neveu.

L'effet de la réponse fut immédiat, car le docteur ne perdait jamais sa croix de vue. Elle le guidait, comme l'étoile les mages.

— Diable! s'écria-t-il. Et vous êtes des nôtres?

— Je suis, dit alors le jeune homme, secrétaire du général d'Ancourt. Il n'a, hélas! aucun besoin de mes services, et je m'occupe comme je peux, sans trop m'éloigner de lui.

— Mais c'est le Ciel qui vous envoie, s'écria la princesse; le général, si on le sauve, en a encore pour des mois de chambre. Je vous enrôle. Je suis votre général.

Pendant que Verne sentait grossir sa croix, Clémence envisageait les mille ressources du nom magique. Cette femme, qui ne voyait pas les pièges à deux mètres, voyait dans l'avenir. Encore une fois, elle vit juste.

Guillaume Thomas, malgré son nom d'incrédule, était un imposteur. Il n'était ni le neveu du général de Fontenoy, ni son parent d'aucune sorte. Il était né à Fontenoy, près d'Auxerre, où des historiens placent la victoire de Fontanet, remportée en 841 par Charles le Chauve.

Lorsque la guerre fut déclarée, il avait seize ans. Il devint enragé. Il maudissait son âge. Il tenait d'un grand-père, capitaine au long cours, le goût des escapades. Il était orphelin et habitait Montmartre avec sa tante, vieille fille dévote qui le laissait courir n'importe où, ne s'occupait que du salut de son âme et se souciait peu de celui des autres.

Trouvant déjà dans le mensonge une antichambre des aventures, Guillaume se vieillissait, racontait aux voisines qu'il allait s'engager, qu'il obtiendrait une autorisation spéciale, et parut un beau jour en uniforme. Il tenait l'uniforme d'un camarade.

Sous le couvert de ce déguisement, il polissonnait, rôdait autour des casernes et de la grille des Invalides.

Il disait à sa tante : « Je prépare l'école de tir. » Tout était si sombre, si remué qu'on admettait n'importe quoi.

De fil en aiguille, il lui arriva ce qui arrive aux enfants qui jouent. Il crut au jeu. Il s'attacha un galon.

Personne ne l'arrêtait. Il n'éprouvait aucune crainte. Il se sentait fier de ce que les civils se retournassent sur son passage. Un jour, ayant montré à un cycliste auxiliaire un papier de famille portant le nom de Fontenoy, ce cycliste crut qu'il s'appelait Thomas de Fontenoy et lui posa la même question que Verne. Il fit, pour la première fois, sa réponse affirmative et joignit désormais ce titre à ses accessoires de jeu.

Vous voyez de quelle race d'imposteurs relève notre jeune Guillaume. Il faut leur faire une place à part. Ils vivent une moitié dans le songe. L'imposture ne les déclasse pas, mais les surclasse plutôt. Guillaume dupait sans malice. La suite montrera qu'il était sa propre dupe. Il se croyait ce qu'il n'était pas, comme n'importe quel enfant, cocher ou cheval.

On l'eût bien surpris en lui démontrant qu'il risquait la prison.

Pour expliquer son immunité bizarre, je citerai l'exemple d'une scène qui se reproduisit vingt fois.

Guillaume passe, place des Invalides, avec madame Valiche. Il raffole d'armes à feu. Il porte un revolver d'ordonnance à la ceinture. Il arbore un calot et un brassard de Croix-Rouge du docteur Gentil, galonnés d'or.

Un capitaine l'arrête. Voici leur dialogue : « Dites donc! — Mon capitaine? — Qu'est-ce que c'est que cette tenue? Vous portez un revolver et un brassard de Croix-Rouge? — Mais, mon capitaine...

— Et ce calot? Qu'est-ce que c'est que ce calot? — C'est le calot de Cyr, mon capitaine. — Hein? Vous êtes à Saint-Cyr? Je n'aime pas qu'on se moque de moi. Comment vous appelez-vous? — Thomas de Fontenoy, mon capitaine. — De Fontenoy? Vous êtes parent du général? — Son neveu, mon capitaine. — On raconte qu'il a tourné l'aile gauche des Allemands. — C'est exact, mon capitaine. — Dites donc, entre nous, je sais bien que la plus grande fantaisie règne dans les tenues, mais ne mettez pas un brassard *et* un revolver. Choisissez. Mettez l'un ou l'autre. Parce que, ajoute paternellement ce militaire, vous tombez sur moi, mais vous pourriez tomber sur un imbécile. »

La princesse entraîna d'office Guillaume dans la ronde. Elle ne quittait plus ce talisman. En quarante-huit heures, elle obtint ce qu'elle essayait d'obtenir depuis quatre semaines. Le nom de Fontenoy ne faisait jamais antichambre. On grondait Guillaume, on lui pinçait l'oreille, on lui distribuait de petites claques, et il emportait les permis.

On joignit même au convoi un planton qui savait les mots de passe et qui devait l'accompagner dans ses voyages, sur le siège de la voiture de tête. Cette voiture était celle de madame Valiche et du dentiste, la suivante, celle de la princesse, les autres se plaçaient au hasard. Leurs conducteurs étaient, qui un chemisier, qui un écrivain, qui un oisif.

Ils partirent à onze heures du soir.

Ce qui compliquait encore l'hétéroclite d'une pareille distribution était que, le mécanicien de madame de Bormes ayant reçu sa feuille de route, elle avait mis à sa place un pauvre peintre russe qui parlait fort peu notre langue et se faisait chauffeur par amour. La princesse l'aidait à vivre. Il l'adorait. Il conduisait mal. Mais il n'avait pas à conduire vite et suivait la voiture directrice.

Madame Valiche et le docteur Gentil, qui n'avaient jamais eu de voiture, jouissaient de cette promenade et se sentaient en route vers la fortune.

Ils allongeaient leurs jambes sur les caisses de biscuits secs, d'oranges et de Cordial-Médoc, que madame de Bormes emportait pour les blessés. Ils étiraient leurs membres, caressaient leurs galons et s'embrassaient aux caniveaux. A chaque poste la voiture stoppait.

Qui va là? Qui vive? Une ombre menaçante barrait la route. Le planton, jouet mécanique, sautait du siège, parlait à l'oreille de l'ombre, remontait à sa place, et le cortège continuait, déambulait le long des côtes, traversait des villages en ruine.

Un intermède absurde fut que madame de Bormes, qui partageait son automobile avec Guillaume, vit, par la lucarne d'arrière, l'ambulance de l'hôpital illuminée comme une vitrine, rue de la Paix. Le docteur Verne était sur son siège et, seule dans cet éclairage, la femme du radiographe, qu'on soupçonnait d'être la maîtresse de Verne, se tenait assise sur une pile d'oreillers, toute droite.

Elle se jouait un rôle d'ange. Les yeux mi-clos, souriante, une main sur le commutateur, elle apparaissait et disparaissait à son gré, en traversant les campagnes.

Madame de Bormes pria Guillaume de se pencher à la portière et de crier au docteur d'éteindre. Il était périlleux de jouer à l'ange dans ces parages, où la moindre lampe risquait de vous faire fusiller comme espion.

Clémence et Guillaume se comprenaient. Ils collaient leur nez aux vitres comme des enfants qui convoitent une pâtisserie.

Ils entraient dans les coulisses du drame. La scène se rapprochait, et ils dévisageaient cette solitude, ces arbres à droite et à gauche, cette nuit encombrée de canonnade. Ne ressemblaient-ils pas à ces mélomanes du poulailler, écoutant Stravinsky, penchés sur un gouffre noir.

Le trajet interminable ne les fatiguait

pas. Ils supportaient l'odeur brune du
charnier, le bruit monotone de l'horizon
qui s'écroule.

Bientôt ce bruit ne serait plus celui d'une
porte cochère qu'on entend du cinquième
étage. Il ébranlerait la voiture, l'envelop-
perait de lueurs. La princesse et Guillaume,
chacun à part soi, espéraient cette grande
minute.

Quelle loi mystérieuse rassemble un
Guillaume, une madame Valiche, une princesse de Bormes comme le vif-argent? Leur
esprit d'aventure accourt se rejoindre
du bout du monde.

Soudain, la voiture directrice prit une
traverse et s'immobilisa. On distinguait
une grille et des pilastres. Que se passait-il?

Une chose simple. Verne avait une propriété aux environs de Paris. Il voulait y porter une centaine de pots de géranium. Sans souffler mot à la princesse dont il redoutait les sarcasmes, il avait rempli les voitures de pots, en cachette, et convenu avec madame Valiche qu'on ferait cet immense détour.

Donc, au lieu de se rapprocher des lignes, on s'en écartait.

Lorsque la princesse de Bormes connut la manœuvre, elle devint hors d'elle-même. Le docteur déchargeait ses géraniums. Elle le saisit par la manche. Mais, au moment où elle allait éclater en reproches, il tourna vers elle une figure si drôle qu'elle éclata de rire. Il portait, en effet, des lunettes dont le masque de caoutchouc lui faisait le profil grec. Ce rire le sauva. La princesse ne pouvait le vaincre. Elle alla rire aux larmes dans l'automobile. Ce rire fou dura tant que le docteur et ses acolytes transportèrent les pots. Il se calmait, lorsque Verne, confus, vint lui présenter des excuses. Elle rit de plus belle.

« Voilà, pensait Guillaume, une femme

avec qui on peut s'entendre. » Elle entrait dans sa partie. Il plaignait sa tante dévote. « Croyez-vous en Dieu, madame? lui demanda-t-il. — Oui, répondit Clémence; surtout quand j'ai peur. Tenez, par exemple, en chemin de fer. »

Ils atteignirent M... à l'aurore.

La rue, à pic, était pleine de monde. L'évêque s'y dépensait déjà, en camail. Il ne quittait cette rue que pour sa chaire. Il était ambitieux. Il aimait la pompe et les honneurs. Aussi ne perdait-il pas un pouce de sa gloire.

Cet homme théâtral se tenait là, debout, relevant haut sa robe, montrant ses mollets violets, comme si le flot allemand, parti, eût laissé des flaques.

Il avait galvanisé la ville, étouffé le maire, et régnait comme un capitaine à son bord.

Les femmes baisaient son améthyste,

les hommes attendaient ses ordres. Beau et gonflé, il était un fabuleux fuchsia.

Sur le passage du cortège qui coupait sa ville, il fronça le sourcil et retint sans peine l'aspect des véhicules. La princesse eût bien voulu recevoir sa bénédiction, mais Gentil était libre penseur. Il ne croyait même pas aux tables tournantes comme madame Valiche que cette incrédulité complète émerveillait.

— Le monstre, disait-elle, il ne croit à rien.

— Si, madame, répondait le dentiste d'une voix méprisante, je crois. Je crois aux vibrations de l'éther.

L'évêque leur semblait ridicule.

— Il est en robe de bal dès potron-minet, s'écriait madame Valiche.

— Bien le bonjour, Dominus vobiscum amen, marmotta le docteur, et leur auto-mobile entraîna les autres sous le regard courroucé du grand vieillard.

On peut brûler une ville; on ne brûle pas un évêque. Ils payèrent cette faute le surlendemain. Pour le moment, le plus

ennuyé était un séminariste. Il cherchait
son frère dont il était sans nouvelles et
avait obtenu de suivre le convoi. Il se
pelotonnait sur le siège de la dernière
automobile, mais l'œil d'aigle de l'évêque,
au passage, avait compté tous les boutons
de sa soutane. Il se sentait perdu. Madame
Valiche y pensa. — Pauvre vobiscum,
dit-elle au docteur, il doit être dans ses
petits souliers. Elle appelait vobiscum les
prêtres. Mais le docteur dormait. Madame
Valiche l'enveloppa d'un châle et prit sa
main morte.

Le ciel était rose. Les coqs chantaient.
Le canon secouait les vitres. Les talus,
les fumées, les caissons, les chevaux étaient
roses. Au bord d'un champ de betteraves
roses, des dragons, en chemise, se débar-
bouillaient. Le passage de ces femmes
les stupéfia. La princesse, qui agitait sa
main, vit longtemps leurs figures roses
avec des yeux ronds et des bouches
ouvertes.

« Les coulisses, se disait-elle. Voilà
les acteurs, les figurants qui s'habillent. »

De pommier en pommier, de poste en poste, ils arrivèrent à une bourgade où l'on transportait les blessés sous une tente ronde, dressée sur la place comme un cirque. La voiture de madame Valiche s'arrêta. Elle ne cherchait pas le feu, elle en cherchait les victimes.

De jeunes médecins accueillirent aimablement, quoique avec surprise, ce renfort inattendu. On ouvrit une caisse, on distribua des bouteilles, et on prévint le médecin-chef. Le médecin-chef vit ces civils d'un mauvais œil. Il refusa brutalement les blessés que lui demandait la princesse de Bormes.

— Non, madame! criait-il. La paille, c'est le luxe des blessés. Ils n'ont besoin de rien d'autre. D'ailleurs, *qu'on laisse donc les blessés tranquilles.* Les blessés, ce sera *l'encombrement* de cette guerre.

Tous les membres du convoi écoutaient, sans souffler mot. La princesse était prête à rompre. Mais la vulgarité mate la vulgarité. Le major n'était sensible qu'à cela. Il haïssait le charme de

Clémence. Madame Valiche le conquit. Elle plaça le nom de Guillaume avec un bonheur extraordinaire. Le major devint un autre homme. Ses aides se détendirent. Le major refusait de donner ses blessés, mais il permettait qu'on leur distribuât des douceurs et qu'on les pansât. Il indiquait une ferme à neuf kilomètres où les blessés étaient si mal qu'on ne manquerait pas de les céder.

Sous la tente, une trentaine de martyrs agonisaient par terre sur des bottes de paille. Un parfum sans nom, fétide, douceâtre, à quoi la gangrène ajoutait son musc noir, tournait le cœur. Les uns avaient le visage gonflé, jaune, couvert de mouches; d'autres le teint, la maigreur, les gestes de moines du Gréco. Tous semblaient sortir d'un coup de grisou. Le sang se caillait sur les uniformes en loques, et, ces uniformes n'offrant plus ni teinte exacte ni contour, on ne pouvait comprendre qui étaient les Allemands et qui les nôtres. Une grande stupeur les mariait.

En pénétrant dans un tel lieu, madame

de Bormes craignit de se trouver mal. Elle fit un effort surhumain pour reprendre son équilibre. N'était-elle pas arrière-petite-fille d'un homme qui, plutôt que de se rendre, broya un verre et l'avala.

Une véritable surprise fut madame Valiche. Elle venait de rejoindre son élément. Cette morgue la transfigurait. Elle plaisantait, employait le vocabulaire des casernes, préparait des bandes et des seringues, coupait des capotes, enroulait, piquait, refusait ou donnait de l'eau.

— Hop! ma petite, cria-t-elle à la princesse, aussi gauche qu'aurait pu l'être madame Valiche dans un bal, hop! au travail! Passez-moi les ciseaux. Mais non, ne déboutonnez pas. Coupez! coupez! c'est la princesse qui paie. Pas vous, la princesse; l'autre.

Elle riait, à genoux auprès d'un débris.

Le dégoût de madame de Bormes lui fit presque regretter son entreprise. Mais elle s'aperçut que le mot de madame Valiche portait, que les jeunes majors la traitaient en collègue, et que c'était elle, la princesse, qui marquait mal.

Elle chercha, des yeux, Guillaume. Guillaume se souciait peu de charité chrétienne. Fort de son nom, il visitait le magasin et réquisitionnait des revolvers.

Ils repartirent le soir pour la ferme. Il pleuvait, et il faisait froid. Cette ferme était en rase campagne. Sa cour, bossue au milieu, envoyait l'eau boueuse dans les étables. Ces étables abritaient une ambulance allemande, prisonnière. Il n'y avait que des blessés ennemis.

Les conciliabules se firent sous la pluie, à la lumière d'un falot que balançait le médecin-chef mal réveillé. Il ne demandait pas mieux que de voir, disait-il, partir cette vermine.

Le major allemand tenait une fourche et une lanterne. On ne distinguait pas les blessés dans l'ombre. Il fouillait avec sa fourche. C'était son système de triage. Les plus à vif criaient le plus. Il remettait leur fiche au dentiste. On sortait alors ces malheureux de la fange, et on les portait dans la cour.

L'un d'eux, couché sur une civière, était éclairé au visage par un des phares. Il était jeune. Il vivait, les deux mains arrachées. Il attrapait avec sa langue une petite chaîne qu'il portait au cou, et il en prenait les médailles dans sa bouche. Sans doute demandait-il un miracle : se réveiller dans son lit, en Allemagne, et avoir ses mains. Le major lui ôtait les médailles de la bouche en accrochant la chaîne avec une des cornes de la fourche. Le mutilé laissait faire et recommençait.

Lorsqu'on mit ce pauvre être debout, il eut un réflexe terrible. Voulant saisir les tringles de cuivre de l'ambulance, il dressa ses moignons. Les infirmiers le hissèrent, évanoui.

— Ouf! disait notre major au major

prussien, vous content? fous gondent? prononçait-il pour l'aider à comprendre.

Mais le prisonnier se mordait les lèvres et donnait ses instructions par signes.

— C'est ennuyeux, dit à la princesse madame Valiche, en rentrant ses mèches sous sa coiffe avec des mains dégoûtantes, — Bourriches pour le Val-de-Grâce. Nib pour le Jacob. C'est partie remise.

La princesse admirait presque cette femme.

— Mais, madame, lui demanda-t-elle, avec une naïveté qui passait auprès des gens du monde pour de la noirceur, quand il n'y a pas la guerre, que faites-vous?

— Moi? je monte à cheval au Bois le matin. Harnais blanc, parmes aux oreilles. Ritz de cinq à sept. Je déclame. Je prends des leçons avec Romuald. Je déclame aux samedis du Petit-Palais, au club des aviateurs honoraires. N'allez pas croire que je porte toujours la blouse. J'ai mon genre. J'aime les robes charmeuses, le bracelet de cheville, les bouquets de violettes un peu fanés et les chapeaux de feutre avec des plumes Rembrandt. Connaissez-vous *La Fiancée du Timbalier ?*

Madame de Bormes descendait en scaphandre au fond des mers. Madame Valiche lui ouvrait des labyrinthes.

— Ollé! Ollé! termina cette femme. Je retourne aux boches.

Elle pirouetta sur ses talons en esquissant un pas espagnol.

— J'ai connu Gentil au bal des Cure-Dents, savez-vous, dit-elle, à la porte de l'étable, en prenant l'accent belge.

— Il portait le costume boër et moi j'étais en Carmen. Un œil noir te regarde.

Elle disparut.

La princesse de Bormes ne pouvait imaginer madame Valiche ailleurs que sur des routes, la nuit, les mains dans les poches de sa capote d'homme, ou, le jour, vidant des vases. Elle croyait avoir beaucoup voyagé, connu des gens en masse, mais elle ne se rendait pas compte qu'elle emportait autour d'elle son atmosphère comme la terre, et, comme la terre, elle avait peine à croire les autres mondes habités.

Ce personnage d'un côté, tant d'horreur de l'autre, étaient une dure épreuve. Car, quels que soient l'esprit, l'excentricité, l'assurance d'une femme du monde, voire blâmée par le monde, elle évolue tout de même sur une scène d'amateurs, et le premier contact avec un vrai théâtre paralyse l'aisance de ses mouvements.

La princesse devait se reprendre vite. Elle n'était pas femme à supporter un échec. Il ne fallait pas rester au milieu de cette ferme comme un reproche. Il fallait rire de madame Valiche et se mettre à la besogne. En une minute sa décision fut prise. Elle brisa les liens. Et, lorsque madame Valiche sortit de l'étable en s'écriant : « J'ai un beau cul-de-jatte! » la princesse lui dit d'une voix claire : « Voulez-vous que je vous aide à le transporter. »

Au retour, dans l'automobile, Guillaume vida ses poches, pleines de chargeurs allemands et de pattes d'épaulettes.

Il montrait cette sinistre collection à madame de Bormes.

D'abord déçue, comme une débutante, par la puanteur des coulisses, elle s'habituait peu à peu à cette puanteur.

Elle avait sommeil. Guillaume pas. Il lui installa des coussins et s'endormit avant elle.

Sa tête pendait, sa langue dépassait ses lèvres entrouvertes. Sa main, qui reposait sur la poignée de la portière, tomba lourdement. Il ressemblait aux blessés.

Madame de Bormes s'endormit à son tour.

— Dix minutes d'arrêt, buffet! Tout le monde descend!

Madame Valiche ouvrait la portière.

— Où sommes-nous? demanda Clémence, le corps à moitié sorti du songe.

Guillaume sauta de son rêve sur la route.

— Nous arrivons à M..., belle princesse, et nos blessés crient que c'est un bonheur.

En effet, dans la nuit froide, on entendait une plainte étrangère, des imprécations, des coups contre des parois.

— Ils souffrent, dit Clémence. La route est pleine de trous.

— Ça ne vous empêchait pas de dormir. Et c'est pour leur bien. On les mène au dodo. Ils ne savent pas leur veine. Mais le chiendent n'est pas là. Nous sommes en panne. Cinq véhicules sans essence!

C'était exact. Il n'y avait pas une minute à perdre. Il fallait que la voiture de la princesse et celle de madame Valiche allassent chercher de l'essence. Or, renseignements pris, l'évêque seul pouvait en permettre la réquisition. Il était six heures du matin. Les plaintes des blessés décidèrent madame de Bormes. On crut habile d'emmener le séminariste qui n'avait pas trouvé trace de son frère. On le poussa dans la voiture où somnolait Gentil, et on se rangea en face du perron de l'évêque. La princesse sonna. Une vieille bonne vint ouvrir. Un jeune prêtre la suivait. Madame de Bormes lui exposa leur gêne. Le jeune prêtre qui boutonnait sa soutane, s'apitoyait et priait la bonne de sortir du pain et des confitures, pendant qu'il prévenait Monseigneur.

Monseigneur, toujours sur la brèche, avait, entre ses persiennes, reconnu des épaves de la cavalcade. Il s'habilla, descendit quatre à quatre, et, sans vouloir entendre un mot, foudroya Clémence. Il était pâle de colère. Sa semonce portait sur leur passage, la veille. Lui *seul* délivrait des ordres de convoi. Il avait un contrôle *absolu* sur le travail du Service de Santé. Il se souciait des fiches comme de sa première culotte, et il ne donnerait pas une goutte d'essence.

— Ah! s'écriait cet homme bon, mais aveuglé par Richelieu et qui, de toute façon, *voyait rouge,* — ah! vous me passez sur le ventre. Eh bien, soit. Débrouillez-vous.

— Venez, dit-il sèchement au jeune prêtre.

Puis, laissant la princesse, il traversa

le vestibule et ouvrit la porte sur la rue.

Hélas, une apothéose l'attendait.

Pendant le chemin du retour, madame Valiche et Gentil avaient vidé le fond des caisses. La voiture empilait un désordre et une saleté de wagon-restaurant. Ils étaient ivres de Cordial-Médoc. Leur tendresse ne se dissimulait plus. L'évêque, de son perron, vit ce couple vautré, les bouteilles, le séminariste. Il eut un haut-le-corps. Madame Valiche ouvrait un œil de folle.

— Vite, mon chéri, vite, cria-t-elle au docteur, donne ta bouche, voilà les curés!

Madame de Bormes, sortie à son tour, n'aperçut que le dos de l'évêque. Il s'éloignait vers la cathédrale sous une petite pluie fine. Il se retroussait, comme la veille, à pleines mains.

Ni madame Valiche ni Gentil n'étaient en état de comprendre ce que leur conduite avait d'infâme.

Pendue au cou de son amant, madame Valiche chantait Manon. Le séminariste sanglotait. Il y avait dans ce spectacle pluvieux quelque chose d'irréparable.

Guillaume sauva tout. Il était allé chez le maire, avait nommé Fontenoy. Le maire, ravi qu'on reconnût son pouvoir et qu'on négligeât l'évêque, avait donné bidons sur bidons.

On enleva le couple orgiaque. Il dormait. On remplit les réservoirs, et le cortège de plaintes se remit en marche.

Souvent, dans la suite, madame de Bormes, sur les routes noires, en entendant ces plaintes, était prise de scrupules. Elle se demandait si, pour se dépenser, elle n'achevait pas des moribonds. Les routes, de plus en plus longues entre les lignes et la capitale, étaient défoncées par les tracteurs. Chaque secousse représentait pour ces hommes un enfer. Ne valait-il pas mieux les abandonner sur place malgré le manque de soins? Ils mourraient tranquilles.

Mais, lorsque ayant rempli l'ambulance de la rue Jacob, elle leur rendait visite soit à l'hôpital Buffon, soit aux Peupliers, soit au Val-de-Grâce, elle comprenait que son plaisir n'était pas criminel.

Cette femme admirable, indiquant à elle seule aux chefs civils et militaires le sens d'une organisation qui ne se fit que longtemps après, se cherchait des excuses.

Sa fille sur pied, madame de Bormes réintégra son appartement, avenue Montaigne. Elle faisait la navette entre l'avenue et l'hôpital, quelquefois même partant directement de chez elle pour rejoindre le cortège aux portes de Paris.

Guillaume était l'enfant gâté de la maison. Il y avait une chambre, ce qui lui évitait de retourner chez sa tante, à

Montmartre, après les randonnées trop lourdes. Du reste, sa tante était loin de son esprit. Guillaume lui apparaissait dix minutes par semaine, prétextant un poste d'agent de liaison.

Il disait : « J'ai une liaison, ma liaison », comme jadis les mauvais sujets. Il remplissait sa chambre de pointes de casques et de morceaux d'obus.

Ce fut à Reims que Clémence de Bormes et Guillaume eurent le baptême du feu. En y arrivant, des collines, on la voyait en bas, comme le bûcher de Jeanne d'Arc. Sa fumée sombre s'étalait, plate, aussi loin que celle des paquebots sur la mer.

Dans la ville l'herbe poussait, des arbres sortaient par les fenêtres. Les immeubles ouverts en deux montraient le papier à fleurs des chambres. L'une avait encore sa commode, un cadre sur un mur. Le lit pendait au bord d'une autre.

La cathédrale était une montagne de vieilles dentelles.

Les médecins militaires, que le bombardement intense mettait dans l'incapacité d'agir, attendaient une accalmie dans la cave du Lion d'Or. Trois cents blessés remplissaient l'hospice et l'hôpital. Reims se trouvant, en cas de guerre, sous la protection d'une ville qui ne s'en souciait pas, ne pouvait ni évacuer, ni nourrir personne. Les blessés mouraient de leurs blessures, de la faim, de la soif, du tétanos, du tir. La veille, à l'hôpital, on venait d'apprendre à un artilleur qu'il fallait lui couper la jambe sans chloroforme, que c'était la seule chance de le sauver, et il fumait, blême, une dernière cigarette avant le supplice, lorsqu'un obus réduisit le matériel chirurgical en poudre, et tua deux aides-majors. Personne n'osa reparaître devant l'artilleur. On dut laisser la gangrène l'envahir comme le lierre une statue.

Ces scènes se répétaient dix fois par jour. Chez les Sœurs, on avait, pour cent cinquante blessés, une tasse de lait rance et une moitié de saucisson. Un prêtre, dans une longue salle trouée, administrait de paillasse en paillasse et, pour mettre l'hostie dans les bouches, desserrait les dents avec une lame de couteau.

Les services que pouvait rendre le convoi étaient minces, mais les majors chargeaient Gentil de fiches appelant au secours. On vivait sous la tonnelle de nos projectiles qui passaient avec un bruit d'express et des obus allemands ponctuant la fin de leur paraphe soyeux d'un pâté noir de foudre et de mort.

Le désarroi de cette ville était à son comble, ses nerfs à bout. On ne voyait qu'espionnage, et on fusillait vite. La princesse, madame Valiche et Guillaume, rencontrèrent une patrouille qui menait bel et bien le peintre russe au mur. On l'avait trouvé, dessinant la cathédrale. Le nom magique le sauva et empêcha de lui adjoindre d'autres membres du cortège.

Cette atmosphère intenable vivifiait Clémence et Guillaume. Ils secondaient

madame Valiche dont le zèle ne connaissait plus de bornes et qui émerveillait les
deux ambulances.

Elle proposa d'emplir les voitures de
blessés. On la laisserait à Reims avec le
docteur, et on viendrait le lendemain
prendre une nouvelle charge. La princesse
et Guillaume voulurent rester aussi.

— Ma voiture vide, dit Clémence, peut
contenir deux hommes. Il m'est impossible de prendre leur place.

Ils couchèrent sous des couvertures,
dans la cave du Lion d'Or. La ville recevait
les obus comme un navire les vagues d'une
tempête. Ils l'ébranlaient chaque fois jusqu'à l'âme.

Les pièces ennemies visaient le gazomètre.
Elles tournaient autour, tâtonnaient avec
l'hésitation d'un aveugle qui cherche un
bouton de porte. Ce danger achevait de
mettre les nerfs à vif.

Guillaume admirait la bravoure de
Clémence de Bormes, laquelle admirait
la sienne. Or, la bravoure de Guillaume
était de l'enfantillage et celle de la prin-

cesse de l'inconscience. Ils en eurent la preuve. La princesse avait supporté le pire. Elle avait vu un cheval tourner l'angle d'une rue en boitant dans ses tripes. Elle avait vu un groupe d'artilleurs foudroyés à leur pièce. Mais elle se croyait invulnérable.

Seule femme, ou presque, dans cette ville, elle imaginait on ne sait quelle galanterie de la mort. Elle la coudoyait, sans la craindre.

Mais, lorsque, allant de l'hôpital à l'hospice, elle vit, à cinquante mètres, une pauvre Rémoise et sa petite fille atteintes par le feu du ciel, comprenant soudain que les obus n'épargnent point les femmes, elle fut prise d'une de ces peurs qui s'abattent sur les natures riches. Elle se mit à crier, à courir en tous sens, à appeler Guillaume.

Guillaume qui, en furetant dans les décombres, venait d'être soufflé, roulé, et s'en tirait indemne avec un coup de poutre au genou, arrivait en boitant. Il était vert.

Clémence se tordait les mains. Elle parlait de sa fille, s'accusait d'être une mère indigne, suppliait Guillaume de l'emmener à la minute.

C'était moins commode à réaliser qu'à dire. Les automobiles ne seraient de retour que le soir.

Le reste de la journée fut infernal. Madame Valiche soignait Clémence qui tremblait de tous ses membres.

Les voitures revinrent, sauf une. Celle de l'oisif. La bande le surnommait : le parasite. Les Allemands avaient pointé leur tir sur le convoi, fourmilière suspecte qui déambulait au flanc de la colline. Les obus cherchaient à prendre les voitures comme des pions. Enfin, un d'eux avait fait dame sur celle de l'oisif, et il n'en restait pas trace.

Il fallut attendre que l'obscurité cachât le départ.

La princesse refusait d'attendre. Comme le peintre russe tournait la mise en marche, une marmite, visant le gazomètre, tomba dans la maison derrière laquelle stationnait l'automobile. Ils furent couverts de plâtre et les vitres volèrent en éclats.

C'est donc dans une voiture glorieuse mais inconfortable que Clémence et Guillaume s'éloignaient de Reims, sans craindre les zigzags du Russe.

L'air vif les fouettait et ranimait la princesse.

Alors Guillaume entendit cette femme incorrigible murmurer : — Retournons, retournons ; c'est ridicule d'avoir eu peur.

Il y a des gens qui possèdent tout et ne peuvent le faire croire, des riches si pauvres et des nobles si vulgaires, que l'incrédulité qu'ils suscitent finit par les rendre timides et leur donne une attitude suspecte. Sur certaines femmes les plus belles perles deviennent fausses. En revanche, sur d'autres, les perles fausses paraissent véritables. De même, il existe des hommes qui inspirent une confiance aveugle et jouissent de privilèges auxquels ils ne peuvent prétendre. Guillaume Thomas était de cette race bienheureuse.

On le croyait. Il n'avait aucune précaution à prendre, aucun calcul à faire. Une étoile de mensonge le menait droit au but. Aussi n'avait-il jamais le visage préoccupé, traqué, du fourbe. Ne sachant ni nager ni patiner, il pouvait dire : Je patine et je nage. Chacun l'avait vu sur la glace et dans l'eau.

Une fée spéciale jette ce sort à la naissance. Certains réussissent, au berceau desquels aucune fée n'était venue, sauf celle-là.

Il n'arrivait jamais à Guillaume de faire son examen, de penser : « Comment en sortirai-je? » ou : « Je triche », ou : « Je suis un misérable », ou : « Je suis un habile homme. » Il allait, mêlé à sa fable, étroitement.

Plus il vivait son rôle, plus il s'y incorporait, plus il y apportait de feu et cette franchise qui persuade.

Depuis quelque temps, il possédait un jouet nouveau : raconter la mort de ses cousins sous les yeux de leur père. Son récit absurde était dessiné naïvement et colorié comme une image d'Épinal.

A l'exemple de ces images, sa synthèse frappait et semblait plus réelle que la réalité. Il touchait en ses auditeurs ce qui reste en chacun de nous d'enfantin. Parfois, il rehaussait l'image d'un peu d'or. Il s'y prenait lui-même. Ses yeux se remplissaient de larmes. On ne pouvait l'entendre sans s'émouvoir.

N'ayant jamais à observer la prudence qui perd les coquins, il racontait cet épisode héroïque, chez la princesse, à table, devant des hommes rompus à l'exercice. Il roulait civils et militaires, tant il est vrai que, même fausse, la vérité sort de la bouche des enfants.

Paris se repeuplait. Un à un revenaient ceux qui l'avaient déserté à toutes jambes. Chacun s'excusait de ce départ auprès de ceux, fort rares, qui n'étaient pas partis. Les uns prétextaient leur service, d'autres leur petite fille, d'autres leur vieille mère, d'autres leur importante personne que les Allemands eussent prise comme otage, d'autres le devoir national.

Pesquel-Duport, directeur du *Jour,* que ses intimes appelaient *Le directeur,* un des dix du cercle de la princesse de Bormes, essayait de lui prouver qu'elle avait eu tort, bien que les circonstances lui donnassent raison, que la destinée avait, pour une fois, été aussi folle et aussi aimable qu'elle, et que Klück avait beau n'être point entré à Paris, il y était entré tout de même, en principe.

En principe. C'est justement parce que Clémence manquait de principes qu'elle était extra-lucide, et c'est aussi par son manque de principes que la construction de notre succès échappait au bon sens.

D'habitude, les intimes qui reviennent dans une demeure détestent y trouver une figure neuve. Mais Guillaume fit exception à la règle.

— J'ai beaucoup connu monsieur votre père à la Chambre, lui dit Pesquel-Duport.

Enfant gâté il était, enfant gâté il resta. Gâté d'un plus grand nombre.

Il avait dit à Clémence qu'il souffrait de son genou à cause d'un éclat de l'obus qui avait fracassé la cuisse du général d'Ancourt. Cet éclat devint une action d'éclat. Son héroïsme lui valait place d'homme, et son image d'Épinal lui ouvrait les cœurs.

Car, non par ruse, mais par amour-propre, il n'avait jamais laissé voir la surprise de ses premiers voyages aux lignes.

D'ailleurs, Reims était un récit de la princesse. Il le lui laissait. La vérité lui donnait les malaises du mensonge. Reims ne l'intéressait pas, le dérangeait plutôt.

Le meilleur public de Guillaume était la fille de madame de Bormes, Henriette.

N'avons-nous pas dit qu'elle était de race spectatrice. Jusqu'alors un seul personnage, sa mère, brûlait les planches. Maintenant, elle en contemplait deux. Élevée sans la moindre superstition des castes, des titres, des richesses, Henriette avait toujours vu sa mère juger les hommes d'après leur mérite, et mettre des artistes sur le même rang que des souverains. Mais elle était fort jeune, sortait peu, et avait rarement l'occasion de rencontrer des hommes exceptionnels.

Grâce à la guerre qui favorise les rencontres d'accident de chemin de fer, non seulement elle voyait un de ces hommes, mais il avait son âge, et ils vivaient côte à côte.

Inutile de consigner l'effet, sur cette âme naïve, des récits qui amollissaient la vieille classe.

Elle aimait Guillaume. Elle le confondait avec sa mère dans ses pensées, et, comme sa mère le traitait en fils, elle ne voyait à cette confusion rien de coupable.

La princesse, nous l'avons dit, perçait

les murailles; elle ne lisait pas dessus. Elle ne s'apercevait aucunement de ce merveilleux mécanisme : une rose qui s'ouvre. Guillaume non plus. Mais la jeunesse a ses maladies contagieuses.

Guillaume, l'artificiel, était sans artifice. Son cœur intact comprenait, lui, à des profondeurs où son esprit enfantin ne pouvait descendre.

Guillaume apprenait gloutonnement la vie, depuis qu'il avait mis le pied dans la cour de l'hôpital. Il datait de cette cour. Sans se féliciter le moins du monde de sa chance, il s'enrichissait, se développait, profitait chaque jour davantage.

Tout homme porte sur l'épaule gauche un singe et, sur l'épaule droite, un perroquet. Sans que Guillaume s'y employât, son perroquet répétait le langage d'un monde privilégié, son singe en imitait les gestes. Aussi ne courait-il pas le risque des gens excentriques, une semaine adoptés et rejetés par le monde. Il y creusait sa place et paraissait, son nom l'accréditant, y avoir grandi toujours.

Un seul intime voyait Guillaume d'un assez mauvais œil. C'était le directeur.

Il était amoureux fou, depuis cinq ans, de la princesse de Bormes. Le génie de ce journaliste n'était qu'une longue patience. Il avait voulu *Le Jour* : il l'avait. Il avait voulu devenir riche; il l'était. Il voulait épouser cette veuve, encore jeune, et dont les lumières éclatantes, éteintes par le milieu mondain, aideraient son œuvre et scintilleraient dans le monde intellectuel.

Pesquel-Duport croyait au monde intellectuel. Il était de l'époque des salons. Il en souhaitait un. Il ignorait que le palmarès officiel ne porte que les comédiens et les fantoches de l'art, et que ses ouvriers restent dans l'ombre. Il se rêvait une table chargée de fleurs, de cristaux; les femmes les plus élégantes, les hommes les plus illustres autour, et Clémence au milieu, en face de lui.

La princesse répondait à ses prières :

— Mon cher directeur, attendez. Attendons. Je mentirais en disant que je vous aime d'amour. Du reste, ni vous ni personne. Mais vous êtes, certainement, de tous mes hommes, celui qui me déplaît le moins.

Elle était sincère. Elle ne trouvait pas laide cette figure. Pesquel-Duport avait cinquante-trois ans et une chevelure toute blanche.

Il se jugeait de première force. Il l'était dans le monde de la lutte, mais il était naïf pour l'esprit de finesse profonde, si rare dans les hautes places parce que cet esprit empêche de choisir.

Un homme vraiment profond s'enfonce, il ne monte pas. Longtemps après sa mort, on découvre sa colonne enfouie, d'un seul bloc ou, peu à peu, par morceaux. Tandis que ces grandes intelligences médiocres, faites de coup d'œil et d'ironie, montent sans encombre jusqu'à la petite corniche du pouvoir.

C'est la naïveté de cet ambitieux que goûtait Clémence. Car si elle n'était pas un cerveau profond, du moins possédait-elle, comme certains insectes, une trompe qu'elle envoyait, sans méthode, mais profondément, au cœur des choses.

Ainsi cette folle portait-elle les verdicts de Tirésias.

Pesquel-Duport constatait cette faculté sans la comprendre et se trouvait fort aise de suivre ses conseils. Mais où il tombait juste, ce que son coup d'œil lui permettait de saisir, c'est que les femmes très intelligentes possèdent d'habitude une intelligence masculine qui les désaxe et perturbe leur individu, tandis que la princesse restait la femme type, et ne devait ses ressources qu'à son propre sexe.

Il la voyait nue et primitive, une Ève mangeant la pomme qui lui plaît et quittant, contente, le Paradis, maison tout arrangée.

Pesquel-Duport savait la princesse de mœurs irréprochables. Cette certitude ne l'empêchait pas d'être jaloux.

Le commerce de Chérubin avec la Comtesse, de Jean-Jacques avec Madame de Warens, de Fabrice avec la Sansévérina, lui gâtait les rapports entre Clémence et

Guillaume. Il croyait Guillaume amoureux de sa protectrice et la protectrice flattée.

Là, son coup d'œil le trompait. Guillaume, éveillé par madame de Bormes, sorti par elle de l'enfance, reportait ces trésors sur Henriette. La princesse l'étourdissait un peu. Chez Henriette, il la retrouvait, mais de plain-pied.

De temps en temps, cet acteur exquis descendait dans l'ombre de la salle s'asseoir auprès d'Henriette et applaudir sa mère. Aussi Henriette ressemblait-elle à ces épouses qui reçoivent, après le spectacle, des marques de tendresse que leur mari destine à la danseuse étoile.

Guillaume embellissait cette petite fille des séductions de la princesse, et, comme elle était séduisante, il n'avait aucun effort.

La princesse de Bormes rouvrait et redécorait son appartement, laissé en friche à cause de la guerre. Elle ne dosait pas ses plaisirs. Celui de maîtresse de maison nuisait à ceux de l'héroïsme. Elle ne suivait plus régulièrement le convoi, se contentant de prêter l'automobile. Elle peignait, frottait, vernissait et achetait. Guillaume dînait presque chaque jour avenue Montaigne, en dehors des voyages.

Ces voyages devenaient beaucoup moins simples. Les services s'organisaient, et rien ne semble, en France, plus louche que de n'être sur aucun registre.

Au troisième bureau, il arrivait qu'on accueillît fort mal les quelques officiers évadés après d'affreux périls. *Ils n'étaient plus sur les registres.*

Ce convoi fantôme agaçait, mais expérimentait gratuitement. On ne le supprimait donc pas; on mettait des bâtons dans ses roues.

Guillaume continuait d'ôter ces bâtons. L'hôpital s'accrochait à lui comme à une bouée.

On suivait les phases de la lente agonie du général d'Ancourt. On redoutait une fin qui, sans nul doute, rendrait son pseudo-secrétaire aux cadres.

Un soir, à six heures, on attendait Guillaume auquel, maintenant, la Place confiait le mot d'ordre.

Guillaume avait bu punch sur punch avec des cyclistes des Invalides. Il était ivre. Il chantait à tue-tête ce mot que la France cache dans son corsage, mourant plutôt que de se le laisser prendre.

Un viel infirmier bénévole, le comte d'Oronge, outré, empoigna Guillaume au collet et le secoua. Guillaume, se débattant, traita ce vieillard d'imbécile. La cour formait le cercle, et personne n'osait donner tort au neveu du général.

Enfin, après que le comte d'Oronge, blême de rage, eut envoyé Guillaume rouler à terre, Guillaume se releva, menaça Verne et sortit en criant qu'on aurait de ses nouvelles.

On essaya de calmer le comte qui répétait comme une mécanique : Galopin!

Galopin! et, dans le trouble, personne n'ayant retenu le mot fatal, le convoi ne put se mettre en route.

Le docteur, après huit heures, téléphona chez la princesse. Elle attendait Guillaume pour dîner; il n'était pas là.

Ce téléphone mit la princesse et Henriette aux cent coups. Elles croyaient Guillaume rue Jacob et le virent sous un autobus. A neuf heures, elles téléphonèrent à Verne. Il ne souffla mot de la scène et se contenta de dire que Guillaume était venu et reparti.

Pesquel-Duport, qui dînait, les plaisanta doucement; puis, resté seul avec Clémence, lui reprocha de se mettre à l'envers pour un collégien. Qui était-il au juste? D'où venait-il? D'où sortait-il?

— Comment, s'écria-t-elle, vous savez, je suppose, le nom qu'il porte.

— Qui, continuait le directeur, vous prouve qu'il le porte?

Madame de Bormes, interloquée, se dit, pour la première fois, qu'elle ne possédait sur Guillaume aucun renseignement exact. Mais, outre que sa réussite tenait lieu de papiers, elle ne voulut pas avoir l'air en faute.

— Je sais sur son compte, dit-elle, ce que je dois savoir.

Et elle ajouta, transformant, sur place, une inquiétude qui la prenait en moyen de se justifier :

— Croyez-vous, directeur, que je laisserais n'importe qui auprès d'Henriette?

Or, pendant que ce dialogue se déroulait avenue Montaigne, Guillaume, gris comme un potache, se livra certes à un des actes les plus incompréhensibles de sa carrière.

L'alcool soulevant un fragile couvercle de réalité, il courut se plaindre chez sa tante.

La pauvre dévote n'entendait rien à ses plaintes. Elle y démêla qu'on le torturait, qu'on insultait son galon dans un hôpital civil, et que Guillaume la suppliait d'ordonner qu'on le respectât.

Elle prenait ses larmes d'ivrogne pour des larmes de honte, embrouillait l'école de tir, le service de liaison et l'hôpital. Bref, en face d'un tel désespoir, elle promit de se rendre rue Jacob et de parler à Verne. Guillaume s'enferma dans sa chambre et, sans se déshabiller, s'endormit comme une brute.

Le lendemain matin il dormait encore quand sa tante descendit rue Jacob.

Au bout d'un quart d'heure qu'elle se trouvait assise dans le cabinet-loge, Verne comprit la vraie catastrophe que Guillaume Thomas était Thomas tout court et qu'il avait seize ans.

Sa croix tournait devant ses yeux comme les artichauts des feux d'artifice.

En entendant le docteur parler de sa famille, des Fontenoy, du général de Fontenoy, du neveu du général de Fontenoy, la pauvre vieille fille s'était écriée :

— Mais il y a erreur. Erreur complète. Guillaume est natif de Fontenoy, c'est tout. Ce n'est pas son nom. Comment a-t-il pu? Oh! oh! et elle eut une crise.

Verne fit un rapide calcul. Il rassembla ses forces. Il importait que Guillaume restât ce qu'il était, ou plutôt, ce qu'il n'était point.

Verne tenait les mains de la vieille fille

et lui versait un fluide torrentiel. Peu s'en
fallait qu'il ne s'écriât, en travestissant
la phrase des magnétiseurs :

— Vous êtes Fontenoy, je le veux.

Elle reprenait ses sens.

— Du calme, du calme, lui dit Verne.
Buvez un peu d'eau. Là , là. Ne grondez
pas Guillaume. Il porte un trop beau nom
pour qu'on le gronde.

Et, comme la vieille fille se récriait :

— Tu, tu, tu, fit le docteur... Je ne veux
rien entendre. Je sais, je sais. Vous êtes
trop modeste.

Ce mot énorme acheva la dévote. Le
docteur la fixait d'un œil terrible et la
poussait vers la porte.

— Et surtout, lui dit-il, presque à l'oreille,
pas un mot de notre conversation à votre
neveu. Des choses considérables en dé-
pendent. Jurez-le. Jurez-le sur votre livre
de messe, s'écria-t-il, en le saisissant, qui
dépassait d'un réticule.

La malheureuse jura. Elle se croyait
chez un fou. Elle se trompait à peine. Le
docteur était fou d'inquiétude.

Il l'accompagna jusqu'à la voûte, de peur qu'elle ne fît quelque rencontre. Il tombait juste. Ils croisèrent la princesse qui entrait.

Verne regarda la vieille fille tourner le coin de la rue. Madame de Bormes attendait dans la cour.

— Tiens! s'écria-t-il, que je suis bête. Vous ne connaissez pas cette excellente personne?

Et, comme la princesse prenait un regard vague.

— C'est la tante de Guillaume, mademoiselle de Fontenoy.

Aucune phrase ne pouvait être plus précieuse à madame de Bormes. Elle se félicita de ses réponses aux insinuations du directeur.

« Les journalistes, pensa-t-elle, se nourrissent de faits divers. »

Thomas se réveilla chez sa tante avec la migraine et sans le moindre souvenir des folies de la veille. Il ne se rappelait que le punch et la fatigue l'empêchant de se déshabiller. Il fit sa toilette, descendit la Butte, et se rendit à l'hôpital.

La princesse était assise chez Verne. Il venait de lui raconter la scène du mot de passe, en arrondissant les angles. — « Guillaume est un peu vif... Monsieur d'Oronge est un peu sourd. Guillaume m'avait dépêché sa tante sous prétexte de se battre en duel avec moi. »

Il riait. Il essayait de mettre une bon-homie de grand-père sur sa grosse figure de requin.

— Guillaume! voilà Guillaume!

Madame de Bormes poussa un cri. On le voyait entre des véhicules, derrière la porte vitrée.

— Qu'il entre, s'écria le docteur, en ouvrant cette porte. Qu'il entre, notre enfant prodigue.

La haine et le respect se partageaient l'âme du docteur. Il haïssait Guillaume de l'avoir joué, mais il respectait le coup de main. C'était à lui de partager les chances. Il tenait le filou et pourrait l'utiliser sans courir de risques. Il serait couvert par la princesse.

Cet homme que les titres grisaient pensa qu'on aurait mauvaise grâce à chicaner sur un titre avec la princesse de Bormes et que sa puissance mondaine devait être assez grande pour baptiser une poularde : carpe, un Thomas : Fontenoy, si jamais elle se trouvait compromise. Incapable de déchiffrer l'hiéroglyphe d'une pareille femme, il l'accusait du pire et ne balançait pas à en faire la maîtresse du jeune tricheur.

La princesse grondait Guillaume du faux bond de la veille. Il raconta le punch.

Au nom de M. d'Oronge, tout lui sauta dans la mémoire, à pieds joints.

— Par votre faute, dit Verne, le convoi est en panne, et les blessés attendent. Les voitures devaient partir à minuit. Elles sont encore dans la cour. A propos, ajouta-t-il légèrement, j'ai reçu la visite de votre tante. Une personne bien pieuse, comme le général.

Il observa Guillaume en dessous. Guillaume trouva cette remarque toute simple.

« Diable, pensa Verne, le mâtin! Il est fort. Il ira loin. Il ira loin, si on ne l'arrête pas en route. Employons-nous à ce qu'on l'arrête trop tard. »

— Pourquoi, demanda Clémence, est-ce que je ne connais pas votre tante?

— C'est une sainte, dit Guillaume; elle ne bouge pas de chez elle, sauf pour aller au Sacré-Cœur. Ce matin, elle a dû venir parce qu'elle descendait à Saint-François-Xavier où elle brûle des cierges.

Le docteur dodelinait du chef, applaudissait à part soi, comme fait au tribunal un coupable, d'un complice qui ne se coupe jamais. Son parti était pris. On ne le volait plus. Il jouait de moitié avec Guillaume.

Or, de même qu'il y a les gens qu'on croit et ceux dont on doute, il y a les gens qui gagnent et ceux qui perdent. Le docteur perdait.

Pour Guillaume, le convoi, l'ambulance, Verne, madame Valiche, le dentiste, la femme du radiographe, c'est une boîte vide. Reste le contenu : la princesse et Henriette.

Nous devrions écrire : Henriette et la princesse, car, depuis quelque temps, Guillaume s'ennuyait, premiers troubles de l'amour qui, prudemment, avant de paraître dans sa splendeur, commence par enlaidir, dégonfler, décolorer tout. Guillaume s'efflanquait; il traînait, écartelé par la croissance du corps, son rôle, sa vérité, le malaise d'un épanouissement normal sous des couches de mensonge.

L'habitude de ne pas s'analyser et la rêvasserie active de Guillaume ne l'aidaient pas à voir clair. A force d'entretenir du chien-et-loup, il s'encombrait de ténèbre. Au lieu de se dire qu'il aimait Henriette, ce qui sortait de son jeu, il s'hypnotisait sur ce jeu et attribuait son malaise à l'inaction, au manque d'aventures.

Le général d'Ancourt mourut. Guil-

laume sauta sur ce prétexte pour dis-
paraître de l'hôpital. Verne faillit crever
de rage. Mais que pouvait-il?

Guillaume, sans rien dire aux deux
femmes, alla voir Pesquel-Duport au
journal. Il inventa que la mort du général
d'Ancourt le libérait, qu'on le réformait
à cause de sa jambe et de son état ner-
veux, que c'est grâce à son oncle qu'il
avait pu suivre le général, qu'on refusait
de le prendre, croyant plaire à Fontenoy
déjà accablé de deuils. Il languissait à
l'arrière et suppliait le directeur de l'envoyer dans une des cantines que le journal
entretenait sur le front. Par exemple, il ne
faudrait pas raconter sa démarche, avenue
Montaigne. Il prétendrait avoir reçu l'ordre.

Pesquel-Duport faillit lui sauter au
cou. Rien ne l'arrangeait mieux que
d'éloigner Guillaume. Il cacha cette satis-
faction, le rabroua, en le félicitant de son
courage, et lui dit que, contre promesse
d'un silence absolu chez madame de
Bormes, il l'enrôlerait dans la cantine de
Coxyde, au front belge.

Le front belge, c'étaient les Belges, les zouaves, les tirailleurs, les Anglais, les fusiliers marins. Un vaste champ d'entreprise. Guillaume rayonnait.

L'exubérance fut courte. Il se sentait, de nouveau, tout triste sans savoir pourquoi. Il n'osait lever sur Henriette et sur sa mère ses yeux en larmes. Madame de Bormes le croyait très atteint par la mort de son chef. L'amour faisait d'Henriette un Stradivarius, un baromètre sensible aux moindres températures morales. Elle déchiffrait seule à livre ouvert, ce que sa mère croyait du regret et Guillaume un ennui mêlé de remords.

Ce remords ne portait pas sur une indélicatesse qui n'en était plus une à ses propres yeux, mais sur le fait d'avoir prié le directeur en cachette de le séparer des deux femmes. Du moins ce motif commode lui servait-il à s'expliquer son état.

C'est donc tête basse qu'il apprit son affectation à madame de Bormes et à sa fille. Le coup fut amorti par le privilège du poste (un poste d'infirme, expliquait Guillaume) et la coïncidence qui l'attachait à une œuvre dont Pesquel-Duport tenait les fils.

Mais la princesse savait par affinité qu'un poste de tout repos ne le resterait pas pour Guillaume.

— Pourvu, gémissait-elle, que vous ne fassiez pas le fou. Je vais prévenir le directeur qu'il donne des ordres et qu'on vous surveille.

La semaine du départ, si courte, n'en finissait pas. Guillaume qui croyait s'ennuyer et se sauver sur sa chimère, préparait entre ces femmes et lui le lien d'absence qui se renforce à mesure qu'il s'allonge et renverse les perspectives, puisque nous voyons ceux qui s'éloignent grandir démesurément.

La nuit, Henriette ne dormait plus. Elle se disait : Il m'aime. Il croit que je ne l'aime pas; ou bien : il redoute maman. Il se sauve et il souffre. Elle épelait sans aide l'abécédaire de l'amour. Il ne fallait rien de moins que l'inquiétude de la princesse, ses échelles et ses pots de laque, pour lui masquer les yeux rouges de sa fille.

Après le départ de Guillaume, départ tragi-comique à cause des pleurs et des cadeaux, Henriette tomba malade.

— Henriette me ressemble, dit Clémence à Pesquel-Duport; jusqu'ici, elle tenait de son père un équilibre insupportable. Mais depuis quelque temps, je la trouve excessive, comme moi. Cette métamorphose nous rapproche. Le départ de Guillaume la rend malade. Je suis contente.

L'amour de cette jeune fille crevait les yeux. Pesquel-Duport, dès qu'il s'en aperçut, ajouta ce lest à celui que jetait l'éloignement de Guillaume.

Hélas! Clémence, elle, la voyante aveugle, ne voyait pas que, comme dans un lied d'Henri Heine, sa fille était amoureuse d'un fantôme.

La cantine du journal *Le Jour* campait sur la route entre Nieuport-ville et Coxyde-ville. Elle ravitaillait et ravigotait les troupes de relève. Elle se composait d'une roulotte fumante d'alchimiste où se relayaient les neuf volontaires et versait au bord de la route des litres de café noir ou de punch. Ces volontaires, assimilés au grade de sous-lieutenant, surveillés par un sous-lieutenant véritable, logeaient à Coxyde-ville dans une bicoque de crime. Toutes ces bicoques ressemblaient à des maisons du crime, surtout celles de Coxyde-bains, mi-détruites, anciennes villégiatures des baigneurs belges le long de la mer du Nord.

Nieuport-ville, Nieuport-bains, Coxyde-bains, Coxyde-ville, reliaient, à vol d'oiseau, un cadre distordu de routes.

Entre Coxyde-bains et Nieuport-bains, c'était la dune. Des champs, des fermes, et un bois surnommé : Bois-Triangulaire, entre Coxyde et Nieuport-ville. L'ensemble, vide et peuplé en cachette.

L'artillerie anglaise et française, mélangée, profitait des dunes et des arbres. Les zouaves et les tirailleurs occupaient les tranchées de l'embouchure de l'Yser, où l'une de leurs sentinelles gardait le premier sac de cette ville creuse serpentant d'un bout à l'autre de la France. Ensuite, du côté de Saint-Georges, les fusiliers marins veillaient sur un terrain chèrement conquis lors de la bataille de l'Yser.

Zouaves et fusiliers se réunissaient au repos dans les anciens hôtels et les anciennes propriétés de Coxyde-bains.

Les deux Nieuport, en ruine, n'offraient plus que l'abri de leurs caves aux chefs et aux postes de secours des différents corps. Ces villes et cette campagne, sans âme qui vive, cachaient un incroyable labyrinthe de couloirs, de routes, de galeries souterrains. Les hommes y circulaient comme des taupes, et on pouvait, entrant dans un trou à Coxyde, sortir par un autre trou, en première ligne, sans voir le ciel. Ce secteur 131 était un secteur calme. Une entente tacite nous empêchait de tirer sur Ostende pour que les ennemis ne tirassent pas sur la Panne, exil du roi et de la reine. Ces souverains y habitaient avec les enfants royaux, enchantés, eux, de l'imprévu et d'une charmante basse-cour.

La défense naturelle du fleuve et des inondations protégeait Nieuport contre une grosse surprise. Le colonel Jocaste n'en croyait pas moins à un débarquement nocturne sur des radeaux, par la plage. C'était une crainte chimérique. Il la chérissait. On venait pour cela de bâtir sur la côte, entre Nieuport et l'Yser, un boyau de sapin qui sentait l'hôtel suisse et qui portait le nom du colonel. Cet homme considérait, à juste titre, son boyau comme une des merveilles du monde. Il était, en effet, inutile comme les pyramides, suspendu comme les jardins de Babylone, creux comme le colosse de Rhodes, funèbre comme le tombeau de Mausole, coûteux comme la statue de Jupiter, froid comme le temple de Diane et voyant comme le phare d'Alexandrie. Des guetteurs s'y échelonnaient et tiraient les mouettes.

Les dessous de Nieuport ressemblaient à ceux du théâtre du Châtelet.

On avait relié les caves les unes aux autres et surnommé cet égout : Nord-Sud. Chacun des orifices arborait le nom d'une station du Nord-Sud, et ce n'était pas son moindre charme que de vous déverser à la pancarte : Concorde, au milieu des ruines d'un casino.

Une ramification accédait à la cave P.C. du colonel. Cette cave était celle de la villa *Pas sans peine,* dont, par miracle, la salle à manger restait seule debout. Le colonel, les jours calmes, y déjeunait comme un gros rat dans un morceau de gruyère.

Le chef-d'œuvre du secteur, c'étaient les dunes.

On se trouvait ému devant ce paysage féminin, lisse, cambré, hanché, couché, rempli d'hommes. Car ces dunes n'étaient désertes qu'en apparence. En réalité, elles n'étaient que trucs, décors, trompe-l'œil, trappes et artifices. La fausse dune du colonel Quinton y faisait un vrai mensonge de femme. Ce colonel, si brave, l'avait construite sous une grêle d'obus, qu'il recevait en fumant dans un rocking-chair. Elle dissimulait, en haut, un observatoire d'où l'observateur pouvait descendre en un clin d'œil, par un toboggan.

En somme, ces dunes aux malices inépuisablement renouvelées, côté pile, présentaient, côté face, aux télescopes allemands, un immense tour de cartes, un bonneteur silencieux.

— *Où est la grosse pièce? Où est-elle? A droite? A gauche? Au milieu? Suivez-moi bien. Où est-elle? Droite? Gauche? Boum! Au milieu.* Et la pièce, sous une bâche peinte couleur de la dune aux bosses de chameau sur qui pousse un poil d'herbe pâle, reculait et envoyait un obus d'un poids de coffre-fort.

On ne voyait rien. On entendait les cent cinquante-cinq, les soixante-quinze qui débouchent du champagne sec et dont l'obus déchire un coupon de soie, la pièce anglaise dont on ne comprenait jamais d'où elle tirait, les canons contre avions qui couronnent les aéroplanes de petits nuages en boule pareils aux séraphins qui escortent la Sainte Vierge, la mer du Nord, couleur d'huître, secouant une eau si froide, si grise, si ressemblante à la formule H^2O. $NaCl$, que le désir de s'y baigner ne venait pas plus que de se brûler ou de s'enterrer vif.

La nuit, le ciel et la terre se balançaient à l'éclairage des fusées, comme une chambre et son plafond éclairés à la bougie, quand la flamme remue. S'il y avait du brouillard, il buvardait les éclairs de la canonnade qui ne formaient plus qu'une seule lueur aveuglante, à rendre fou. Sur la mer, au large, se baisaient, se quittaient et gesticulaient les projecteurs. Parfois ils se réunissaient comme des ballerines, et, au bout, on voyait les ventres blancs des zeppelins, en route vers Londres.

Dormait-on à Coxyde? On était réveillé par les pièces de marine. Ce tir ébranlait le monde et jetait contre les vitres un grand liseron de lumière mauve.

Le dimanche, au bruit des mitrailleuses qui vocalisent dans le ciel, sur une seule note, un rire de tête de mort, et des moteurs qui chantent, sombrant soudain leur murmure du bleu pâle au velours noir, les officiers du Royal-Navy jouaient au tennis.

A ce vaste mensonge de sable et de feuilles, il ne manquait que Guillaume de Fontenoy.

Il vint. C'était le soir. Un side-car l'amena de Dunkerque. L'accueil de la cantine fut glacial. La raison en était que, pour caser Guillaume, Pesquel-Duport avait remis en disponibilité le boute-en-train du groupe. Guillaume usurpait une place encore chaude; place chaude si froide qu'elle lui glaça le cœur. Il s'attendait à trouver des camarades. Il trouva des ennemis mortels.

Ces absurdes garçons, fermés au

charme surnaturel de Guillaume, le crurent complice d'un crime qu'il ne soupçonnait pas et le mirent en quarantaine. Seul, sur eux, craignant le grade et à l'affût des récompenses, eût pu agir le nom du général. Mais un secteur est une ville de province où le pharmacien en impose plus que Charcot. Fontenoy ne commandait pas le secteur.

Les commères ridicules virent tout de suite que Guillaume avait de l'enthousiasme. Ce fut le comble. Chaque volontaire était aussi peu volontaire que possible. Rien de noble, de gai, de simple, ne les réunissait. Ils prirent le zèle de Guillaume pour une insulte. « Il nous nargue », pensaient-ils. Et, par vengeance, ils l'envoyaient porter des rapports aux zouaves, dans la zone dangereuse. Guillaume ne demandait pas autre chose. A travers ce parc de feu et de tonnerre, il se promenait, ravi.

C'est de la sorte qu'il lia connaissance avec le colonel Jocaste. Ce colonel, en lisant le nom de Fontenoy, tomba les quatre fers en l'air. Il entraîna Guillaume dans son trou, et, comme il était cinq heures, le pria d'y prendre le thé. Le téléphoniste jouait le rôle de jeune fille de la maison. Il disposait sur un coin de table, des tasses, une théière et une boîte de biscuits.

Sous prétexte qu'il était défendu de mettre les villas à sac, et que le moindre ustensile provenait de cette source, on prétendait toujours avoir trouvé tout dans l'église.

— Ces tasses viennent de l'église, dit le colonel, en clignant de l'œil.

Le colonel harcela Guillaume de questions sur son oncle. Ce général était son dieu. Tout en parlant, il roulait des bandes molletières autour de ses grosses jambes et gémissait comme si ce fussent des pansements. Il confia ses craintes à Guillaume au sujet des radeaux et lui dessina son plan de défense. Il redoutait aussi les gaz, presque impossibles en cet endroit de vents qui tournent. Il était fier de sa salle à manger en dentelles.

— Que voulez-vous, dit-il à Guillaume, je ne renonce jamais au décorum, si faire se peut. J'en suis féru. Ainsi, entre nous, j'ai une maîtresse, une femme du monde. Eh bien, pour dîner seule en tête à tête avec moi, ou avec son mari et moi, toujours la robe ouverte et les hommes en smoking.

Sa quatrième marotte était un soixante-quinze monté en première ligne, à vingt-sept mètres du poste d'écoute ennemi, boulon par boulon, comme les bateaux dans les bouteilles.

— Vous voyez leur gueule, disait-il, en cas d'attaque. Un soixante-quinze en première ligne!

Il riait, se tapait sur les cuisses.

Soudain la porte s'ouvrit, et le général commandant du secteur parut.

Avec deux capitaines, harnachés de cuirs et de rubans, il passait une inspection, espèce de surprise-partie fort désagréable pour ceux qui la reçoivent.

Le colonel sauta sur ses pieds et, faisant une révérence, culbuta la boîte de biscuits secs. Par un réflexe mondain, le général se précipita pour ramasser les gâteaux et cogna de son casque la tête du colonel qui se précipitait en sens inverse.

— Je vous ai fait mal? demanda-t-il.

Il avait fait très mal. Le colonel répondit que ce ne serait rien. Guillaume, d'un angle de la cave, dévorait des yeux cette scène surprenante.

Maintenant, le pauvre colonel, un peu remis du choc physique et moral, décrivait ses merveilles.

Il en était à son soixante-quinze dans une hutte, et le général, oubliant sans doute le camouflage des dunes, demandait si cette hutte était une hutte de feuilles, lorsqu'un artilleur parut. Le colonel le congédia du geste, mais le général se récria, ne voulant sous aucun prétexte, appuyait-il, déranger le travail habituel du secteur.

— Parlez, dit le colonel.

Il s'agissait du soixante-quinze. L'homme venait dire, après un interminable préambule, que les mesures du génie étaient fausses, que la hutte était trop étroite, qu'on voyait l'affût, et qu'il y avait des chances pour que l'ennemi donne une « bamboula » de représailles.

— Des représailles! des représailles! éclatait le colonel, furieux de paraître ridicule aux yeux du général. Nous allons voir. Je vais leur en fiche, des représailles.

— Commandez, hurla-t-il dans un tuyau acoustique, cent coups de soixante-quinze sur la villa Vromberg.

— Vromberg? interrogea le général. Parbleu, dit-il en se tournant vers un de ses capitaines, c'était la villa de madame Vromberg. Une charmante femme. Pauvre madame Vromberg.

— Vous la connaissez, mon général, s'écria le colonel qui perdait la tête. Et, saisissant le tuyau acoustique : — Décommandez le tir, dit-il, dé-com-man-dez-le-tir.

Le général vit l'état dans lequel sa visite mettait le brave homme.

— Diable, fit-il, voilà que vous vous montrez galant avec des ruines. Je vous quitte. Il me semble que tout cela marche aussi bien que possible. Restez. Ne vous dérangez pas. Ne vous donnez pas la peine. Je connais le chemin.

Le colonel se retrouva seul avec Guillaume. Il ruisselait. Il frottait une bosse produite par le casque. Il demanda s'il s'était montré à la hauteur.

— Il y a bien l'histoire du soixante-quinze, répétait-il. Mais mon boyau efface tout.

Ils prirent le thé.

Des bureaucrates, encore des bureaucrates, pensait Guillaume. Il cherchait une brèche. Son but était ce lieu redoutable qu'il entendait la nuit crépiter comme une pièce d'artifice, cette fusillade leste, inégale, semblable aux tics d'un dormeur rêvant qu'il marche.

Le surlendemain le colonel lui donna un guide pour la visite aux lignes. Ils partirent à onze heures, au clair de lune.

Au lieu de prendre le système de

boyaux si cher au colonel, on lui déso-
béissait et on gagnait la berge par l'ancienne grande rue de Nieuport. On marchait de barrage en barrage, entre les domi-
nos de quelques pans de murs et de la lune.
La lune grandissait ces petites ruines toutes
jeunes, et à droite du sable, deux ou trois
arbres chloroformés dormaient debout.

Un pont de poutres, de solives, de
madriers, de rondins, de barriques s'en-
trechoquant, traversait l'Yser à son embouchure. L'eau grise se bousculait,
pénétrait tragiquement la mer du Nord,
comme un troupeau de moutons entre
à l'abattoir.

La nuit, cette eau devenait phospho-
rescente. Si on y jetait une douille, elle
sombrait tout éclairée comme le *Titanic*.
Un projectile y tombant, sa chute allu-
mait au fond un boulevard de magasins
splendides.

Sur l'autre rive commençaient les
tranchées. Guillaume toucha le premier
de ces sacs de sable qui protègent la ville
creuse et dans lesquels les balles s'en-

fouissent avec le bruit du frelon dans la fleur.

Le dédale des tranchées était interminable. Guillaume suivait son guide silencieux qui fumait la pipe, empaqueté dans des moufles, des peaux de mouton, des passe-montagnes. On entendait les vagues tantôt derrière soi, tantôt devant, à gauche ou à droite. On tournait sans se rendre compte, et on ne savait jamais où mettre la mer. Quelquefois, l'eau vous montait à mi-jambes.

Cette Venise, cette Alger, cette Naples de songe semblait aussi vide que les dunes, car, dans mille celliers, les zouaves dormaient, serrés comme des bouteilles. On les cassait aux jours d'orgie.

Sur deux points de ce front, le méandre des lignes allemandes et françaises se joignait presque. Le premier, nommé Mamelon-Vert, près de Saint-Georges, le deuxième près de la plage. De part et d'autre, on y avait creusé des postes d'écoute.

Guillaume se glissa dans la sape. On ne

passait qu'à plat-ventre. Cette sape débouchait dans une fosse contenant deux hommes. Le jour, ils jouaient aux cartes. Les ennemis occupaient une fosse analogue à douze mètres. Chaque fois qu'un des zouaves éternuait, une voix allemande criait : « Dieu vous bénisse. »

Le long du mur de première ligne, sur une sorte de remblai, de corniche, de piédestal, se tenaient, de place en place, les guetteurs. Ce mur se composait de tout, comme le reste de la ville. Outre les sacs, on le sentait fait avec des armoires à glace, des commodes, des fauteuils, des dessus de piano, de l'ennui, de la tristesse, du silence.

Ce silence, aggravé par la fusillade et le reflux, était pareil au silence des boules de verre où il neige. On y marchait comme on vole en rêve.

La botte de caoutchouc de Guillaume ayant glissé, il remua l'eau. Un des guetteurs se retourna. C'était un goumier. Il mettait le doigt sur la bouche. Ensuite, il redevint statue.

Car cet Arabe au burnous de journaux et de ficelle se tenait plus immobile que, sur son cheval, Antar mort. Guillaume contemplait, entre les sacs, enfarinée de lune, cette silhouette d'un meunier jaloux, terrible, guettant avec un fusil, à une lucarne de son moulin.

Ces guetteurs concentraient toute leur vie sur leur figure. S'ils rechargeaient, leurs mains allaient et venaient comme des domestiques. Aussi la France avait-elle, au bord de son manteau, une étonnante hermine de visages attentifs.

Mais, ce qui attirait Guillaume, c'était la bande qui foudroie, la bande mixte où poussent les ronces de fil de fer. Nul n'y pose le pied en dehors des attaques, sauf en patrouille, la nuit. Pour être d'une de ces patrouilles, Guillaume eût fait n'importe quoi.

Au lieu de cela, il rebroussait chemin. Il n'était que touriste. Il quittait le théâtre et se retrouvait dans la rue, sans partager la mystérieuse vie des acteurs.

Il se morfondait. Chaque semaine lui pesait sur les épaules. Son seul plaisir était les lettres et les cadeaux que lui envoyaient Henriette et sa mère.

Ses journées médiocres le tournaient vers le souvenir des deux femmes. Peu à peu, comme les presbytes qui ne lisent qu'à distance, Guillaume lut ses sentiments pour Henriette. Elle était loin, irréelle, factice. Elle pouvait donc entrer dans sa fiction.

Il joua cet acte à merveille. Il soupirait, enrageait, ne mangeait plus, gravait des cœurs dans des bagues d'aluminium, écrivait des lettres qu'il déchirait ensuite; car, avec cette patte des chats qui jouent ensemble et sentent exactement où s'arrête la griffe, Guillaume, torturé d'amour, ne faisait rien qui pût avertir Henriette, donner la moindre racine à son rêve.

Il ne cherchait pas à savoir si cet amour était réciproque. Il pouvait dire, avec Goethe : « Je t'aime ; est-ce que cela te regarde ? »

Sur ces entrefaites, la cantine reçut l'ordre de se rendre dans la Somme. Elle laisserait du matériel en Belgique avec un volontaire-gardien.

Le volontaire désigné ne pouvait être que Guillaume. Les niais crurent lui jouer un bon tour en se débarrassant de lui. Or, ils le débarrassaient d'eux.

Le surlendemain de leur départ, Guillaume rencontra le jeune capitaine Roy, des fusiliers marins.

— Quoi, dit-il, on vous laisse seul ? Venez donc à notre popote.

L'héroïsme réunissait un monde mêlé sous une même palme. Bien des meurtriers en herbe y trouvaient l'occasion, l'excuse de leur vice et sa récompense, côte à côte avec les martyrs. On s'étonne que la guerre embauchât, par exemple, les Joyeux. Ils tenaient le secteur entre les fusiliers et les zouaves. La société trouvait bon, alors, qu'ils déployassent des instincts pour quoi elle les avait exclus.

Mais ni zouaves ni fusiliers ne profitent d'une chasse permise. Rien de féroce ne tachait les fusiliers marins.

Leurs chefs étaient des héros charmants. Ces jeunes hommes, les plus braves du monde, et dont pas un ne reste, jouaient à se battre, sans la moindre haine. Hélas! des jeux pareils finissent mal.

Ils se relayaient aux lignes et habitaient une villa de Coxyde-bains. Ce que Guillaume avait de beau les enchanta. Et, au fait, à ce moment, quel reproche pourrait-on lui faire? Il ne trompe personne. Ce n'était pas un nom de général qui influençait ces âmes nobles. Du reste, ce nom qui perdait en ce lieu son sens pratique, ne devenait-il pas un simple nom de guerre? Ils en portaient tous. Guillaume Thomas était *Fontenoy,* comme Roy : *Fantomas,* Pajot : *Cou de Girafe,* Combescure : *Mort subite,* Breuil de la Payotte, fils de l'amiral : *l'Amiral,* Le Gannec : *Gordon Pym.*

Leur devoir semblait être celui de madame de Bormes : s'ennuyer le moins possible. Le reste du secteur, comme le monde à Clémence, n'y comprenait rien. On prenait leur désinvolture pour de la morgue. On les traitait d'aristocrates. On se trompait de peu. C'était une aristocratie, c'est-à-dire une démocratie profonde, une famille, que ce bataillon.

L'accueil fait à Guillaume n'était possible que là. Jalousies, crainte des registres, grades, inégalité des classes, l'eussent empêché ailleurs.

Le bataillon entretenait le négligé de la véritable élégance. A la fin du repas, Le Goff, matelot qui servait à table, cousit des ancres sur la vareuse bleu sombre des cantines, et le tour fut joué. On adoptait Guillaume. On ne se quitterait plus.

Les marins, comme la princesse, furent un foyer pour Guillaume. Ils en raffolaient, le fêtaient, le consultaient. Ils l'emmenèrent dîner chez leur chef. Ce vieillard délicieux trouva l'adoption aussi drôle que si ses enfants, comme il appelait ses subalternes, lui eussent amené un petit ours. Le fait est que, comme les ours, singes, marmottes, Guillaume devint fétiche. Il se sentait au but. Son amour pour Henriette tomba. Son cœur s'était mis en marche à cause d'elle, mais son amour était l'amour tout court. Il en reportait l'élan sur ses nouveaux amis. Il leur versait sa richesse. Il était amoureux du bataillon.

Tout concourait à sa chance, car, fusilier marin réel, Guillaume aurait trouvé la tâche rude. Devenu fusilier sans l'être, il pouvait jouir pleinement de son bonheur.

Il lisait mal les grosses missives de l'avenue Montaigne. Il en oubliait de cachetées dans sa poche. Il distribuait les friandises à la popote et remerciait sur des cartes qui limitent l'effusion.

Avait-il le temps d'écrire? Il suivait soit Roy, soit Breuil, soit Le Gannec à leur poste. Il montait en ligne avec eux, et parfois, on le léguait au successeur.

Il avait écrit une seule lettre longue : à Pesquel-Duport. Il le priait de le laisser à Coxyde, le vague matériel fournissant une excuse à son interminable séjour.

Sa joie était si complète qu'il déchira sa permission. Il dit à la popote qu'il ne pouvait se résoudre à partir. Ce trait couronna ses conquêtes. Les jeunes chefs lui organisèrent un banquet et envoyèrent acheter du champagne à la Panne où l'hôtel Terlinck et la pâtisserie fonctionnaient encore malgré les bombes.

Ils se grisèrent et firent des discours. Le nom de Fontenoy revenait souvent, mais d'une façon assez irrespectueuse. Le général y tenait plutôt le rôle de ganache que d'idole. La vraie idole étant Guillaume Thomas.

Mademoiselle de Bormes et la princesse vivaient dans l'attente de cette permission. Elles préparaient mille gâteries et Henriette retrouvait de fraîches couleurs. La déception les effondra. Guillaume prétendit ne pouvoir s'éloigner du matériel. On me pillerait, écrivait-il.

Elles ne furent pas dupes, mais il est vrai, pour le devenir davantage.

— Il se dit que nous l'empêcherions de retourner au devoir, s'écriait Clémence.

Henriette, dans son lit, en larmes, embrassait un instantané envoyé par Guillaume, se reprochait son silence, et, le cœur large ouvert, se torturait entre l'idée que Guillaume ne l'aimait pas et la fuyait, ou qu'il l'aimait et voulait éteindre une flamme au couronnement de laquelle il ne croyait pouvoir prétendre.

Elle ne voyait que ce blanc et que ce noir. Elle ne distinguait rien entre.

Son optimisme d'âge penchait vers le blanc.

« Il m'aime, pensait-elle, et sa délicatesse l'éloigne. Il craint de passer pour un séducteur, que maman le chasse. Je suis la seule coupable. Mon indolence l'expose. »

Henriette se promettait de parler, de supplier. Mais elle n'y parvenait pas. Son secret lui était si cher qu'elle en reculait le partage, avec qui que ce fût.

Ces deux femmes, hors d'elles, harcelaient Pesquel-Duport. Tout était de sa faute. Elles ne savaient pas si bien dire.

Il avait beau se disculper, expliquer la consigne des services ; l'avenue Montaigne devenait intenable.

Il eut alors une de ces inspirations qui, lorsqu'elles s'adressent aux foules, font la fortune des journalistes.

— Le journal, dit-il aux deux femmes, organise des séances de théâtre aux armées. Je désigne le Nord pour la prochaine séance, je vous engage dans la troupe, et je vous accompagne.

La princesse l'embrassa. Henriette pleurait.

Le directeur tint sa promesse. Quatre jours après, Clémence, Henriette et lui-même, allèrent rejoindre la tournée au train.

Il semblait aux femmes que ce fût un train de plaisir qui mène déjeuner sur l'herbe. Guillaume ne savait rien. On lui réservait la surprise.

La troupe, recrutée de bric et de broc, se composait de quelques comparses, d'une cantatrice en robe et en chapeau de Grande-Mademoiselle, d'un tragédien illustre, d'une débutante en deuil, accessit du Conservatoire de l'année précédente, et d'un jeune premier dont le fils colonel venait de gagner sa septième palme. Il comptait pouvoir le rejoindre au front.

Pesquel-Duport nommait les compagnons de route les uns aux autres, lorsque la princesse, stupéfaite, vit, revenant d'acheter des oranges, madame Valiche. Elle arborait la tenue décrite dans la ferme.

— Par exemple! s'écria cette horrible femme, vous! vous ici! mais qu'arrive-t-il donc, *ma chère?* dit-elle, pour montrer aux comédiens son intimité avec madame de Bormes.

La princesse, lui abandonnant le bénéfice de ce « ma chère », car elle voyait en rose et ne voulait troubler le plaisir de personne, présenta Pesquel-Duport, et dit qu'elle lui devait cette faveur.

Elle ajouta :

— Guillaume Fontenoy est à Coxyde; nous espérons l'y voir.

« Et allez donc! » pensa madame Valiche, en clignant de l'œil.

La princesse ne tenait pas à ce que madame Valiche, forte de leurs souvenirs communs, s'accrochât derrière elle et Guillaume. Elle avait d'abord voulu taire leur véritable but. Immédiatement, elle comprit que cette femme se vengerait, en s'apercevant d'une cachotterie. Ce rouage la fit prononcer honteusement une phrase toute simple.

Pesquel-Duport était fin, mais pas assez. Il remarqua le ton de Clémence et le clin d'œil. Les deux lui déplurent.

Maintenant madame Valiche expliquait :

— Vous allez m'applaudir, ma chère. Je voulais visiter le Nord. Mon maître Romuald (elle désignait le tragédien) m'emmène avec lui. Mais, minute! je paie ma place. Je donne *La Fiancée du Timbalier*, s'il vous plaît. Et je figure dans *La Fille du tambour-major*.

La princesse présenta Henriette qui se croyait déjà au spectacle. Avec le sans-gêne de la jeunesse, elle riait au nez de madame Valiche et des comédiens, gardait ce rire étalé sur sa figure et les dévisageait comme des bêtes curieuses.

Pesquel-Duport avait eu la précaution de retenir un compartiment pour les deux femmes et lui, à quelque distance du compartiment de la troupe.

Chaque fois que madame Valiche passait dans le couloir, elle jetait un coup d'œil sur les places vides et, derrière les vitres, mimait un « Peste! vous ne vous ennuyez pas » qui était un reproche. Car ils étaient empilés dans leur compartiment.

La princesse était sur le gril. Pesquel-Duport tenait bon.

— Ne l'invitez pas, disait-il. Cette femme a l'air d'un papier à mouches.

Lorsque Pesquel-Duport alla dire quelques bonnes paroles à son bétail, il entendit le maître Romuald qui racontait la guerre de 70. Il la racontait depuis le départ. Cet homme avait eu, le mois d'avant, une idée renversante pour qui ne connaît pas le monde des coulisses.

Ayant su, le premier, la mort héroïque d'un de ses élèves, il s'était rendu chez les parents, un brave ménage idolâtrant ce fils, et, pour adoucir, croyait-il, la nouvelle, la leur avait apprise en récitant un sonnet de sa composition.

Ces malheureux étaient à table. Romuald récitait de la porte. Ils ne comprirent pas et le crurent fou. Il fallut leur expliquer la chose après, comme on recoupe le cou à un condamné manqué par la hache.

La jeune actrice en deuil était la fiancée de l'élève. Elle savait le sonnet par cœur.

A Dunkerque les attendaient des automobiles. Le tragédien portait un chapeau Bolivar, des guêtres, une sacoche et des jumelles. Il cherchait les avions ennemis.

Le lendemain matin, à la Panne, où logeait la troupe, madame de Bormes et sa fille, qui ne tenaient plus en place, faillirent se trouver mal; car, apprenant l'arrivée d'actrices, Guillaume, Roy et Pajot étaient venus à leur rencontre.

En voyant quelles étaient les actrices, Guillaume crut rêver. C'était bien, pour lui, la preuve qu'il ne rêvait pas. Ces femmes et lui formaient un groupe de gravure empire : Le Retour du Soldat.

Le cœur aéré, exalté de Guillaume ne leur ménagea aucune fête. Il n'avait pu faire l'effort d'aller à elles, mais il exultait qu'elles vinssent à lui et connussent ses camarades. Il n'était pas de ces âmes étroites, soucieuses de cloisons étanches.

Un miracle, s'il dure, cesse d'être considéré comme tel. C'est pourquoi les apparitions disparaissent si vite.

Au bout d'un quart d'heure, on ne s'étonna plus. Guillaume embrassa madame Valiche, et les fusiliers enlevèrent le directeur et les deux dames.

On retrouverait la troupe à Coxyde, le soir, pour le spectacle.

Il pleuvait. Cette journée fut, pour ces trois êtres, la plus belle du monde. Pesquel-Duport, rajeuni, plaisait aux fusiliers.

Madame de Bormes et Henriette bénéficièrent des préparatifs qu'on réservait aux actrices, et purent croire qu'on les attendait féeriquement. Leur joie débordante était faite de dunes, d'aéroplanes, de canons, de casques et, en pénétrant dans la villa, de traverser la cuisine, où des diables à moitié nus, tatoués d'ancres, éclairés par un feu d'enfer, gesticulaient autour des marmites.

Madame de Bormes eut un succès extraordinaire. Tout ce monde risquant d'être tué le lendemain, se livrait sans réserve et ne calculait pas. Cette atmosphère généreuse, qui était la sienne comme celle de Guillaume, la mettait en valeur.

De plus, une femme belle et une jeune fille fraîche saisissaient dans un tel décor, autant que roses sur une banquise.

Roy les promenait partout. On les acclamait. On baisait leurs mains, on touchait leurs robes. Chacun voyait en elles une ressemblance chérie.

Madame de Bormes, qui flairait le ridicule d'une lieue, sentit qu'elle pouvait, sans ridicule, qu'elle *devait* distribuer, en les arrachant, les franges de cuir de son manteau. Il est bien rare qu'une femme se trouve en posture de faire un geste pareil. La reine des Belges n'aurait pas mieux réussi.

Guillaume en était fier et regardait Henriette. Henriette, dans des conditions si riches, si pleines, ne doutait plus du bonheur. Aussi, ne craignant pas de paraître frivole aux yeux de Guillaume, lâchait-elle les brides à son amusement.

Cette pente douce les mena jusqu'au spectacle.

Il eut lieu dans un hangar de l'escadrille anglaise, mieux aménagé que nos scènes élégantes.

Les automobiles des chefs ronronnaient, lumières éteintes. On sortait les cartes des poches. Les soldats entraient un par un, car, la salle étant assez petite, on avait distribué les places au compte-gouttes.

Les malchanceux firent contre mauvaise fortune bon cœur. Ils écoutèrent, assis sur le sable, un camarade réciter des monologues. D'autres trouaient les planches avec leurs baïonnettes, pour voir se déshabiller les actrices.

L'orchestre joua les hymnes alliés bout à bout. Ils prenaient feu l'un à l'autre. Ensuite, les généraux français, anglais et belges s'assirent, et le spectacle commença.

La troupe interprétait *La Peur des coups,* un acte de *L'Étincelle* et un acte de *La Fille du tambour-major*.

Comme la première de ces comédies parle d'un capitaine et qu'il en paraît dans les suivantes, les soldats crurent que c'était une pièce en trois actes. Ils comprirent mal l'intrigue.

En queue des comédies et de l'opérette, où madame Valiche figurait, travestie en tambour, elle vint seule sur les planches et récita, dans ce costume impudique, *La Fiancée du Timbalier*. Elle plut beaucoup.

A l'aide de grimaces, de sous-entendus, elle finissait par donner à ce poème un air égrillard et actuel. La cantatrice plut moins. Voulant faire reprendre à la salle une chanson de route que les militaires ne chantent pas, elle criait : « En chœur les gars! » dans le vide.

Romuald sauva la mise en déclamant la Marseillaise, avec un drapeau tricolore rejeté sur l'épaule.

Après la représentation, la troupe était invitée chez le général Madelon. Madame de Bormes et sa fille ne pouvaient s'y soustraire, d'autant plus que Pesquel-Duport devait tenir là son rôle officiel.

Guillaume et ses camarades convinrent qu'en sortant le trio viendrait les rejoindre, qu'ils le mèneraient à Saint-Georges, en cachette; le général interdisait qu'on montrât les lignes aux civils.

Ce général, qui avait mal compris le titre de Pesquel-Duport, et ne le croyait pas directeur de journal, mais de théâtre, le félicita sur sa troupe.

— Vous avez là, lui dit-il, une troupe excellente.

— Mon général, rectifia doucement Pesquel-Duport, je suis un invité.

— Moi aussi, que diable! moi aussi. Et je ne m'en plains fichtre pas. N'est-ce pas, mesdames? s'écriait le général.

Sa phrase n'avait aucun sens. Il appelait ce genre de phrases : l'esprit d'à-propos.

La princesse et Henriette ne souhaitaient que partir. Pesquel-Duport fronçait les sourcils. Enfin, à la limite permise, ils prirent congé.

— Bravo! encore bravo, mesdames! dit le général, qui reconnaissait en elles les interprètes de Pailleron.

Le reste de la nuit fut sublime.

Bien que leurs souliers s'accrochassent entre les lattes des caillebotis, les deux femmes marchèrent quatre heures.

Guillaume, dans une cave de Nieuport, les avait recouvertes de capotes et de casques.

Au retour, elles chancelaient de fatigue.

Un moment, la princesse stoppa.

— Je ne sais ce que j'ai, dit-elle, je suis prise d'angoisse.

— Vous n'avez pas peur ? Penchez-vous, ne craignez rien, dit Roy. Nos ennemis dorment.

— C'est stupide. Je suis une femmelette. Continuons.

Madame Valiche sut ou renifla la visite aux lignes. Furieuse de ne pas y avoir été emmenée, elle se vengea.

Au retour, profitant de se trouver en tête à tête avec Henriette dans le couloir du wagon, croyant qu'il existait un commerce entre sa mère et Guillaume et ayant percé la jeune fille, elle fit mine de regarder si personne ne les entendait. Elle chuchota :

— Dites donc... Guillaume est fou de vous... Halte-là. Ne désespérez pas ce petit bonhomme. Il serait capable de se faire casser la figure.

Et, sans attendre de réponse, laissant Henriette interdite, glacée, elle réintégra le wagon des comédiens.

A la popote, on ne s'entretenait que des deux femmes. Plus qu'un oncle général, elles ajoutaient du prestige à Guillaume.

— Dis donc, lui dit Roy, elle t'adore, cette gosse.

Guillaume, avec la voix qu'il avait prise jadis pour répondre à la princesse chez Verne : ma tante est une sainte, etc., répondit au fusilier :

— C'est réciproque. Nous nous aimons comme frère et sœur.

Or, cette visite avait apporté de la richesse à Guillaume et la lui laissait. Un nouvel accessoire ornait son jeu étrange. Henriette pouvait aller au bout du monde sans qu'il trouvât rien à y perdre.

Un malheur frappa le groupe de Coxyde. Pajot devait partir en permission le jour de sa descente des lignes. Il tremblait donc toute la nuit qu'un accident survînt. Roy le taquinait et, comme Pajot le suppliait de se tenir tranquille, lui barbouilla le visage de lumière, avec sa lampe de poche. Pajot tomba raide mort, une balle dans la tête. Cette balle était une balle perdue, mais Roy se traitait d'assassin. Il ne sortait plus d'une tristesse noire.

Guillaume ne le quittait pas, le surveillait, s'employait à l'égayer.

A Paris, mademoiselle de Bormes vivait avec la phrase de madame Valiche. Elle n'en était plus à déplorer qu'une pareille femme se mêlât de ses tourments. Elle se reprochait de commettre un crime.

Déjà, n'eût-elle point aimé Guillaume, son devoir lui commandait presque de feindre, et elle aimait.

Elle prit un parti fort sage : s'ouvrir à Pesquel-Duport.

Elle s'arrangea pour qu'ils allassent ensemble chercher sa mère qui goûtait au golf de Saint-Cloud.

Dans la voiture, pâle, mi-morte, elle déshabilla son cœur.

Pesquel-Duport la savait éprise, mais pas à ce point.

Or, une enquête venait de lui prouver, la veille, que Guillaume, quoique d'une excellente famille, usurpait le titre de Fontenoy. Il se trouvait dans une difficulté extrême. En face des trésors qu'on étalait devant lui, cet excellent homme décida de surseoir. Il dit à Henriette qu'il parlerait à sa mère et qu'il la suppliait de se calmer, d'avoir confiance.

— Agissez vite, s'écria cette vierge avec une voix de vieille maîtresse, nous n'avons pas une minute à perdre. Sauvons-le!

Elle se mouchait, relevait ses mèches,

rajustait sa toque; et Pesquel-Duport songeait à son propre amour, à son âge, à Clémence, presque aussi fraîche qu'Henriette.

— Elle me dit qu'elle n'aimera plus, pensait-il. C'est peut-être qu'elle n'a jamais aimé encore. Je la crois plus jeune, beaucoup plus jeune que sa fille.

L'automobile roulait. Henriette se taisait, tournait vers le paysage une figure hagarde.

Pesquel-Duport poursuivait, à part soi : Il y a bien son enthousiasme pour Guillaume. Cependant, lorsque ces choses-là sont sérieuses, elles se cachent. Mais elle est si neuve qu'elle est capable d'aimer sans le savoir, de se rendre plus lentement compte que sa fille.

Il se demandait la conduite à suivre.

Voici la manœuvre qu'il combina.

Cette manœuvre était d'un goût détestable, rude et périlleuse. Mais il aimait, et l'amour s'encombre peu de délicatesse, de douceur, de sécurité.

Il apprendrait à Clémence que sa fille

aimait Guillaume et la pousserait à la lui donner. Ainsi, d'une part, verrait-il l'effet de cette nouvelle et s'il touchait une mère ou une rivale, d'autre part, il ne l'engagerait pas beaucoup, puisqu'en dernier ressort, la découverte du faux nom et de l'âge de Guillaume romprait les fiançailles. Le directeur comptait sur ce coup de théâtre bien amené pour guérir Henriette.

Le soir même, un ami qui dînait avec eux allait au concert et les laissa seuls. Une fois Henriette dans sa chambre, Pesquel-Duport exécuta son programme.

— Mon Dieu! s'écria la princesse. La sotte! Elle aime, et elle se cache. Mais, directeur, je tombe des nues. Et Guillaume l'aime? Quel bonheur! Quand je pense que j'ai pu épouser Bormes. Suis-je assez stupide, assez niaise, assez distraite. Tenez... je mérite tout ce qu'on me reproche.

Pesquel-Duport n'en revenait pas. Cette femme devait le dérouter toujours.

Son effervescence lui fit mettre les freins. Il objecta qu'il faudrait attendre, se renseigner, que la fortune...

— La fortune! interrompit la princesse. Laissez donc. D'abord, qui vous dit que Guillaume est pauvre? Les Fontenoy sont riches. Je donne à Henriette ce qu'il faut. D'ailleurs (elle éclata de rire), nous perdons la tête, mon pauvre directeur. Nous sommes aussi naïfs l'un que l'autre. Nous voilà, parlant sérieusement d'une chose qui n'existe pas. Henriette ne connaît rien à rien. Guillaume a dix-neuf ans. C'est le premier garçon qu'elle rencontre. Elle se croit amoureuse de lui. Elle ne l'est pas. Moi, aussi, je suis amoureuse de Guillaume. Mais ce n'est pas l'amour.

La princesse prenait un air grave pour émettre ces extravagances. Du geste, elle empêchait Pesquel-Duport d'ouvrir la bouche.

En l'écoutant, il sentait revenir ses inquiétudes.

— Je ne veux pas, continua Clémence, marier Henriette à la légère, ni donner à Guillaume une femme qui s'en lasse au bout de quinze jours. Vous me voyez avec un gendre sur les bras.

Ce mot de gendre, appliqué à Guillaume, la jeta dans de nouveaux éclats de rire.

— C'est une folle, se dit sérieusement Pesquel-Duport; mais une folle dont je suis fou.

Après son rire, la princesse demanda des détails. Le directeur s'embrouillait, atténuait la scène de l'automobile.

— Tenez, dit Clémence, vous n'êtes bon qu'à faire des articles. Taisez-vous. Je vais employer un moyen très simple. Je vais interroger Henriette.

Elle se leva et disparut.

Pesquel-Duport s'enfouit la figure dans les mains. Cet homme de poigne avait les larmes aux yeux.

A quoi lui servait une poigne? On ne pouvait saisir Clémence. Elle glissait, se retournait, s'évaporait. Il la sentait irréelle, sans masse. Il se répétait :

« J'aime une folle; j'aime une fée. Aime-t-elle Guillaume? Non. Elle n'aime personne. Elle ne s'aime pas. Elle n'aime pas sa fille. Elle n'est ni coquette ni mère. Elle a un autre destin qui m'échappe. »

Du reste, c'est plus simple. Je la crois fée; elle n'est que légère, légère comme on ne l'est pas. Aime-t-elle Guillaume sans le savoir? Alors, j'aurais une chance. Elle m'aime peut-être, sans le savoir. Elle nous aime peut-être tous les deux.

Pesquel-Duport déraillait, trébuchait, tournait en rond.

Lorsqu'il s'éveilla d'un demi-sommeil provoqué par le feu, il regarda l'heure.

La princesse était allée chez Henriette à onze heures. Il était une heure du matin. Il croyait attendre depuis cinq minutes. Car la douleur, le doute, et même le feu d'une cheminée, découpent le temps à leur fantaisie.

Pesquel-Duport était assez intime avenue Montaigne pour enfreindre l'étiquette. Il alla écouter à la porte de la jeune fille, entendit des sanglots, frappa, entra.

Madame de Bormes était assise sur le lit. Mère et fille se tenaient embrassées et pleuraient.

— Entrez! entrez vite! s'écria la princesse. Venez dire à cette petite amoureuse qu'elle aura son Guillaume, qu'elle sera sa femme, que je le lui promets.

La princesse, la visite au frond du Nord s'éloignant, commençait à s'ennuyer.

Sa fille la sauva.

Le lendemain des aveux, elle portait cinq ans de moins que la veille.

Henriette l'embrassait, la caressait, admirait ce chef-d'œuvre : une mère qui, loin de sermonner, de briser l'élan de la jeunesse, lui imprime une impulsion plus vive.

A la suite d'une conférence interminable, où chacune donnait son avis, il fut décidé qu'Henriette écrirait à Guillaume. La princesse trouvait normal que les femmes fissent le premier pas.

Elle ajouterait à la lettre un post-scriptum, qui lui ôterait toute apparence clandestine.

— Sois tranquille, dit-elle à Henriette, je ne lirai rien.

Henriette s'enferma dans sa chambre, regarda le portrait de Guillaume et écrivit :

« Mon cher Guillaume,

« Je ne sais de quelle façon commencer cette lettre. Je voudrais vous l'écrire très courte, parce que je ne suis pas adroite et que ce que j'ai à vous dire est bien simple. Mon cher Guillaume, ne commettez aucune imprudence : Je vous aime *aussi*.

« Je ne veux pas dire que je vous aime comme maman vous aime, ni comme j'aime maman. Je vous aime d'amour. J'en suis malade et très heureuse. Mais j'ai peur.

« J'ai compris que vous évitiez la maison par délicatesse, à votre joie sincère de nous voir arriver à la Panne. Car si vous vouliez nous fuir pour d'autres raisons, notre surprise vous aurait été plutôt désagréable.

« Mon cher Guillaume, maman et moi, nous étions contentes d'entendre les soldats faire votre éloge, mais je n'ai pas besoin d'eux pour vous connaître.

« J'ai peur que vous vous exposiez plus qu'on ne vous le demande et que vous risquiez votre vie dix fois, pendant que les autres la risquent une fois.

« Si je vous écris cette lettre si difficile et qui me donne tant de mal, parce que j'aimerais mieux vous parler, vous tenir la main, c'est que je voudrais que vous vous ménagiez pour moi, pour nous, pour notre avenir. Maman est si bonne que vous ne pouvez pas savoir. C'est elle qui me permet de vous écrire et qui me dit de vous écrire vite pour gagner du temps.

« Mon cher Guillaume, répondez-moi. Dites-moi si vous m'aimez comme je vous aime et si vous êtes heureux de ce que maman consente à notre bonheur.

« Je vous quitte, parce que j'ai envie

de pleurer et que je répéterais toujours
la même chose. Mon cher Guillaume,
« Je vous embrasse. »

Sans lire cette lettre, la princesse ajouta
au bas de la feuille :
« C'est du propre. »

A six heures du soir, dès que Pajot fut
enterré, que sa cantine fut en ordre et les
déclarations en règle, Roy et Guillaume
remontèrent en ligne délivrer Combescure qui remplaçait Roy pour vingt-quatre
heures.

Ils firent la route à pied, car la voiture
qui pouvait les mettre au pont de Nieuport-Ville avait eu son moteur démoli par
un shrapnell, près du Bois-Triangulaire.

Le trajet était moins pénible pour Roy
qu'avec ses hommes, car il marchait en
promeneur, et ne portait pas, suspendue
autour de lui comme à un mât de cocagne,
une charge d'objets lourds. Mais sa
charge était d'un autre ordre. Son cœur
lui pesait plus que cet appareil.

Pourtant, les morts comptaient peu dans le secteur.

Malgré que la mort civile soit distribuée à chacun de nous, elle n'en conserve pas moins du prestige.

Il arrive même que la mort décerne un brevet de bonne vie et mœurs. Hé! pense-t-on, malgré soi, cet homme vient de mourir. Il est tout de même mort. Ce n'était donc pas un homme quelconque. Il était peut-être mieux que ce dont il avait l'air.

Mais, aux lignes, comme si la fréquence de la mort, les blessures et les risques ininterrompus fissent chaque homme mourir plusieurs fois, la mort, mise en petite monnaie, perdait sa valeur.

Son change était le plus bas possible.

Aussi le dialecte du secteur semblait-il féroce à qui venait du pays-de-la-mort-rare.

En effet, on ne disait pas : « Pauvre un tel », mais : « Il n'avait qu'à prendre le refuge. »

On parlait des obus comme d'autobus, comme des dangers de Paris qu'un myope ou qu'un provincial n'évite pas.

La mort de Pajot fit exception à la règle. Elle amputait le corps de la villa des fusiliers d'un de ses membres, et Roy était indirectement cause de l'amputation.

— Je l'ai tué, disait-il, comme si ma lampe de poche était une arme.

Cette circonstance eût suffi pour rendre à la mort de Pajot une gravité civile.

Guillaume et Roy traversaient donc la campagne en silence. Le vent attisait une braise de son plaintif dans les petites veilleuses que les poteaux télégraphiques portent en haut comme le muguet.

Roy, de mère bretonne, était superstitieux. Il entendait l'âme de Pajot se plaindre.

Il serrait, pinçait le bras de Guillaume et se mordait les lèvres comme un enfant qui essaye de ne pas pleurer.

Retourner à Saint-Georges, c'était retourner sur le lieu du crime. Il se félicitait de l'accident survenu à l'automobile et qui retardait la confrontation.

Guillaume avait beau plaider la coïncidence, les balles mortes, la difficulté de viser une tête visible une seconde, Roy s'obstinait dans le remords.

— Sa famille... murmurait-il,... sa pauvre famille. Il partait voir sa famille. Il me suppliait de ne pas faire l'imbécile. C'est trop affreux.

Tout à coup, éclata dans l'ombre une musique extraordinaire. C'était la nouba des tirailleurs nègres. Ils traversaient Coxyde-ville.

La nouba se compose d'un galoubet indigène que les soldats imitent en se bouchant le nez, en prenant une voix de tête, et frappant leur pomme d'Adam. Ce galoubet nasillard joue seul une mélodie haute et funèbre. On dirait la voix de Jézabel. Les tambours et les clairons lui répondent.

La troupe s'approchait comme le cortège

de l'Arche d'Alliance sur la route de Jérusalem. Roy et Guillaume se rangèrent et la virent passer.

Les nègres venaient de Dunkerque, stupéfaits de froid et de fatigue. Ils étaient couverts de châles, de mantilles, de mitaines, de sacs, de gamelles, de cartouches, d'armes, de dépouilles opimes, d'amulettes, de colliers de verroterie et de bracelets de dents.

Le bas de leur corps marchait; le haut dansait sur la musique. Elle les soutenait, les soulevait. Leurs têtes, leurs bras, leurs épaules, leurs ventres remuaient, doucement bercés par cet opium sauvage. Leurs pieds ne marchant plus d'accord traînaient dans la boue. On entendait ces pieds mâcher cette boue et le choc des crosses contre la boîte à masque, pendant les silences; puis le solo sortait du fond du désert, du fond des âges, salué par les cuivres et les tambours.

La nouba, qui amusait Guillaume, trouait le cœur de son camarade. Sa plainte funèbre accompagnait son deuil.

Il revoyait des voyages avec Pajot, leur navire, leurs escales, leurs bordées dans les ports d'Orient.

Ils reprirent leur promenade sans échanger une parole.

Le Bois-Triangulaire tonnait comme une chasse royale. A Nieuport, le cimetière des fusiliers marins reposait près de l'église informe. Plus loin que Nieuport, du boyau qui menait à Saint-Georges, on voyait à droite, émergeant de l'inondation, une carcasse de ferme dite : Vache-Crevée.

L'auteur de ce surnom, adopté sur les cartes d'état-major, était une jeune Anglaise, miss Elisabeth Hart.

Miss Hart, que tout le monde appelait miss Elisabeth, était la fille du général des troupes anglaises du secteur.

Sous prétexte de Red-Cross, elle pilotait une ambulance de poche et vivait avec les fusiliers marins.

Chez une Française, ce genre d'existence choquerait. Mais Elisabeth Hart était un vrai garçon, un diable. Elle s'ha-

billait presque en matelot. Elle portait
des cheveux courts, bouclés autour d'une
figure d'ange.

Elle offrait plus d'un rapport avec les
amazones modernes du film américain,
sauf qu'on ne la voyait jamais trembler.
Elle allait, venait, de La Panne aux lignes,
et laissait son ambulance n'importe où,
comme dans les rues de Londres. Sa crâ-
nerie indisposait le colonel des zouaves. Il
la trouvait sans-gêne. Aussi, négligeait-elle
le secteur-mer pour le secteur-inondations.

Les fusiliers en faisaient une sainte.

C'était, d'ailleurs, sans aucun doute,
une héroïne. La condition même de
l'héroïsme étant le libre arbitre, la déso-
béissance, l'absurde, l'exceptionnel.

De plus, elle lisait dans la main.

Lorsque Guillaume et Roy arrivèrent
à Saint-Georges, elle était assise dans la
guitoune de Roy et buvait du porto avec
Combescure. Elle revenait d'une longue

permission. Elle ne connaissait pas Guillaume. Elle parlait avec un accent agréable.

Attentive à prononcer nos *r* et ne pouvant les prononcer de la gorge, elle les roulait au bout de sa langue. Elle gronda Roy de ses scrupules.

Combescure voulait qu'elle lût dans la main de Guillaume.

La tâche de chiromancienne sincère était épineuse, au front. Elle se récusait. Guillaume insista.

En voyant la paume de cette main, le visage de la jeune Anglaise eut une expression tellement surprise que Combescure et Roy lui en demandèrent la raison.

— Par exemple!... répondit Elisabeth. Je n'ai jamais rencontré une main pareille. Il n'a pas une ligne de vie; il en a plusieurs.

— Et ma mort, ou... mes morts? interrogea Guillaume.

— Vous savez, dit-elle, je ne suis pas très forte. Je vois l'ensemble. Votre ensemble est bon.

Combescure et miss Hart partirent. Elle le véhiculait jusqu'à Coxyde.

— Quelle femme! dit Guillaume à Roy. C'est une merveille.

— Encore une victime d'Elisabeth. On ne compte plus ses morts, plaisanta le jeune capitaine. C'est une fille brave et une brave fille, ce qui vaut mille fois mieux.

Il souhaitait se taire. Guillaume le comprit. Les ordres de Roy donnés, il proposa une partie de cartes.

La guitoune du capitaine Roy était la seule habitable de Saint-Georges. L'eau rendait le travail de la terre presque impossible. Elle fournissait une excuse à la folle insouciance des marins. Leur système d'abris était aux tranchées des zouaves ce qu'une ruche d'arbre est à une ruche d'apiculteur.

On ne s'y garantissait ni de l'eau ni du feu.

Cette insouciance d'hommes toujours

bercés de houle et de hamac, voire par l'esprit de corps lorsqu'ils n'avaient point navigué, se fortifiait de ce qu'une heure de bombardement bouleverse un travail de cinq semaines.

Souvent, après un essai d'attaque allemande, les zouaves souffraient moins de leurs blessures que de leur amour-propre d'architectes.

Seule la tendresse des fusiliers pour leurs chefs les avait décidés à bâtir une cabine avec d'étonnantes mains de couturières, qui savent d'un béret à pompon rouge faire une merveille d'élégance et nouer une corde comme des initiales d'amour.

Ce segment était donc fort dangereux, et ils y perdaient beaucoup d'effectifs.

Roy souhaitait le silence et jouait en silence.

Dehors, on n'entendait, de loin en

loin, que ces coups de feu qu'il semblait qu'on tirât pour entretenir la guerre.

Une fusillade très proche retentit.

Elle se prolongeait. Roy posa ses cartes et alla aux renseignements.

— Ce sont, dit-il à Guillaume en reprenant ses cartes, nos messieurs qui s'amusent. Plouardec et Lulu qui gardent le poste d'écoute jouent à la manille et ont imaginé d'annoncer leurs points à coups de fusil. C'est économique. Je les ai fait taire.

Les marins n'ont pas avec leurs chefs les rapports des autres soldats, qu'ils surnomment : les guerriers. Par exemple, ils saluent ces chefs comme les chefs d'infanterie répondant à un deuxième classe, et joignent à ce geste un petit rictus amical.

Douze minutes après les remontrances de Roy, les coups de fusil recommencèrent de plus belle.

Roy, souriait, furieux.

— Cette fois, dit-il, on dépasse les bornes. Je vais punir. Viens, Guillaume.

Ils allaient atteindre la plate-forme qui précède les trous d'écoute, lorsqu'une voix assez lointaine, mais très nette, très forte, s'éleva :

— Galopins! glapissait-elle, en excellent français, vous vous amusez à empêcher le monde de dormir. Attendez que j'avertisse vos chefs!

« Que j'avertisse vos chefs » signifiait : commander un tir.

— Ils tirent par mon ordre, hurla Roy.

Tout, voix allemande et fusillade, rentra dans le silence.

Les sanctions, de part et d'autre, s'arrêtèrent là.

Ce dialogue est peu vraisemblable pour les gens qui ne connaissent pas l'esprit de voisinage d'une longue guerre, l'esprit de famille des marins.

La partie de cartes, reprise, s'éter-
nisait, lorsque le téléphone grésilla. Roy
décrocha le récepteur. On entendait mal.
Les fils, posés à la six-quatre-deux, en
croisaient, en touchaient d'autres. La
rumeur du secteur habitait l'appareil
comme celle de l'océan un coquillage.

— Impossible de comprendre, dit-il.
Je raccroche. Je ne comprends qu'une
chose par bribes, c'est que c'est le poste F
(le poste F se trouvait à cinq kilomètres)
et qu'ils ne peuvent m'envoyer personne.
Moi non plus, je n'ai personne. Les
boyaux sont chambardés par les torpilles
d'avant-hier. Il y en a la plus longue
partie découverte. Je n'ai pas envie d'ex-
poser un gamin pour un message. Mes
idiots n'ont aucun sens du danger. Ils ne
veulent pas allonger la route et comprendre
qu'on ne siffle pas, qu'on n'imite pas le
chien, qu'on ne crâne pas, à trente mètres
des Allemands.

— C'est très simple, dit alors Guillaume.
Moi, je ne siffle pas et je n'imite pas
le chien. Au besoin même, je rampe. Je

n'ai qu'à faire le grand tour. J'y vais.

Roy refusa. Guillaume insista. Comme Roy désirait secrètement rester seul avec son chagrin, que le grand tour n'était pas dangereux, et que, secrètement, Guillaume jubilait de cette course nocturne, ils finirent par s'entendre.

Guillaume irait et reviendrait, séance tenante, porter son message chez Roy.

La nuit froide était constellée de fusées blanches et d'astres. Guillaume s'y trouvait, pour la première fois, seul. Un dernier rideau se lève. L'enfant et la féerie se confondent. Guillaume connaît enfin l'amour.

Au lieu de prendre la rallonge, il suivit le parapet de première ligne jusqu'au polder où il fallut ramper. Breuil et lui excellaient à cet exercice peau-rouge.

Après quelques mètres, il rencontra un cadavre.

Une âme avait ôté ce corps en hâte,

n'importe comment. Il l'inspecta d'un œil curieux et dur.

Il continua. Il croisait d'autres cadavres jetés par le massacre comme le col, les bottines, la cravate, la chemise d'un ivrogne qui se déshabille.

La boue rendait le quatre-pattes difficile. Quelquefois elle veloute la marche, quelquefois, elle cherche à retenir, avec un gros baiser de nourrice.

Guillaume s'arrêtait, attendait, et repartait. Il vivait là de toutes ses forces.

Il ne pensait ni à Henriette, ni à madame de Bormes, lorsque, soudain, l'image de madame de Bormes lui apparut.

Il venait de reconnaître, défiguré par les torpilles, l'endroit du boyau où, quelques jours avant, elle s'était plainte d'angoisse.

— Tout de même, se dit-il, nous avons eu de la chance. On croit toujours le secteur trop calme. La princesse flairait plus loin que nous. On dirait qu'elle avait pressenti la mort de cette tranchée.

Un amoncellement de chevaux de frise et de fil de fer barbelé obstruait le passage.

Pour passer à gauche, il fallait entrer dans l'eau jusqu'aux cuisses. Guillaume prit à droite.

Il débouchait en terre ferme et se félicitait d'une complète absence de fusées éclairantes, lorsqu'il stoppa net.

En face, à quelque distance, on distinguait le bloc d'une patrouille ennemie.

Cette patrouille voyait Guillaume et ne bougeait pas. Elle se croyait invisible.

Le cœur de Guillaume sautait en cadence, battait des coups sourds de mineur au fond d'une mine.

L'immobilité lui devint intolérable. Il crut entendre un qui-vive.

— Fontenoy! cria-t-il à tue-tête, transformant son imposture en cri de guerre. — Et il ajouta, pour faire une farce, en se sauvant à toutes jambes : Guillaume II.

Guillaume volait, bondissait, dévalait comme un lièvre.

N'entendant pas de fusillade, il s'arrêta, se retourna, hors d'haleine.

Alors, il sentit un atroce coup de bâton sur la poitrine. Il tomba. Il devenait sourd, aveugle.

« Une balle, se dit-il. *Je suis perdu si je ne fais pas semblant d'être mort.* »

Mais, en lui, la fiction et la réalité ne formaient qu'un.

Guillaume Thomas était mort.

La première personne prévenue à Paris fut Pesquel-Duport. On prévenait en lui l'organisateur des cantines.

Cet homme de cœur ne pouvait croire la chose, malgré les preuves.

Il prévoyait le coup de foudre de cette nouvelle avenue Montaigne. Il souffrait de la souffrance de madame de Bormes.

Ce qu'il ne s'avouait pas, ou s'avouait à demi, c'est que cette mort, pour être une solution terrible, n'en était pas moins une solution. Elle mettait un point final à cette aventure et lui permettait de garder le secret sur le mensonge Fontenoy.

— Pauvre Guillaume, se dit-il. Le faux oncle ne désavouerait pas un tel neveu. Tué au nord, il mérite l'épitaphe de l'enfant

Septentrion : Dansa deux jours et plut.

Il fallait prévenir sa tante et les femmes. Le directeur, qui souhaitait retarder la seconde démarche, mais ne voulait pas que ces malheureuses apprissent le désastre indirectement, décida de se rendre chez la tante de Guillaume, et, ensuite, avenue Montaigne.

Il comptait sans madame Valiche.

Pendant qu'il remplissait à Montmartre son triste office et que mademoiselle Thomas, après un silence, prononçait ces paroles qui étonnèrent l'incrédule : « Merci, monsieur. Je le verrai bientôt. Je lui raconterai votre visite », madame Valiche tournait l'angle de l'avenue Montaigne et du rond-point des Champs-Élysées.

Elle ne digérait ni la promenade aux lignes, ni le wagon, ni le triomphe de la princesse, ni le convoi désagrégé par un caprice de Guillaume.

Sa vengeance agissait.

Ce vampire savait toutes les morts, de Belgique en Alsace, avant le reste du monde. Elle connaissait celle de Guillaume par un frère de Gentil, major à Zuydcoote, arrivé en permission le matin.

Il la lui avait offerte sous la forme suivante : « Un crâneur, n'ayant que ce qu'il mérite. » Aussi la portait-elle, encore chaude, à Henriette et à madame de Bormes.

Ces deux femmes qui n'osaient trop s'écarter de l'appartement par crainte de manquer d'une minute la réponse de Guillaume à la lettre d'Henriette, sortaient faire des courses.

Elles rencontrèrent madame Valiche dans le vestibule. Son air grave les effraya. Elles revinrent avec elle dans le salon.

Madame Valiche savait envoyer le couteau.

— Je l'avais dit, prononça-t-elle simplement.

Henriette fut la première à entrevoir le malheur.

Elle sauta sur madame Valiche.

En l'espace d'une seconde, la misérable acheva ses victimes. Lorsque Pesquel-Duport entra dans le salon, il ne vint que pour la curée.

Madame de Bormes et sa fille hurlaient, arrachaient leurs robes. Debout, en face d'elles, madame Valiche inventait des détails.

Pesquel-Duport l'empoigna par sa jupe.

— Vous!... vous!... étranglait-il, vous allez me faire le plaisir de décamper — et plus vite.

Il la secouait, la traînait vers la porte du vestibule. Il l'eût écrasée.

Il la jeta dehors.

Qu'importait à madame Valiche?

Elle rajusta son chapeau, descendit les marches quatre à quatre, vola chez elle.

Gentil, à table, attaquait les hors-d'œuvre.

— Applaudissez-moi, s'écria-t-elle du seuil. J'ai vu ce que je voulais voir. La mère et la fille. Coup double.

Elle espérait éblouir enfin cet homme qu'elle adorait, qui profitait d'elle et savait l'influence, sur les hystériques, d'une feinte impassibilité.

— Mœurs de la haute, dit-il, sans plus, en beurrant une tartine.

Madame Valiche, ivre d'amour et de haine satisfaite, contempla cet homme qui mangeait, vivait, au-dessus de l'étonnement.

— Docteur, bégaya-t-elle, vous êtes un dieu.

— Il n'y a pas de dieux, madame. J'y vois clair, voilà tout.

Mademoiselle de Bormes ne put supporter les suites du choc.

Madame de Bormes l'emmena dans un sanatorium d'Auteuil. Elle mourut deux mois après d'une maladie nerveuse qui n'était pas mortelle. C'est dire que, malgré les précautions, elle s'empoisonna.

Du jour au lendemain, sa mère devint une femme âgée. Elle ne voyait que Pesquel-Duport.

— Marions-nous, disait-il. Vous ne pouvez vivre seule.

— Attendez, répondait la princesse. Maintenant, c'est vous qui êtes trop jeune. Nous n'avons guère de chance avec nos âges. Mais ils finiront bien par se rejoindre un jour.

A Nieuport, près de l'église, le cimetière des marins est un brick à la dérive.

Un mât cassé marque le milieu.

Ce brick transporte-t-il de l'opium? Un profond sommeil emplit l'équipage.

Chaque tombe étale un joli décor de coquilles, de cailloux, de vieux chenets, de vieux cadres, de vieux balustres. Une d'elles porte le nom de Jacques Roy.

Jacques Roy s'est éteint en quatre heures, au poste de secours de Nieuport, d'une blessure prise à Saint-Georges, heureux de venger Pajot et Guillaume qu'il imaginait tués par sa faute.

Sa croix porte l'inscription réglementaire.

Mais, sur la croix voisine, on peut lire :
« G.-T. de Fontenoy. Mort pour nous. »

Cap Nègre
1922.

DU MÊME AUTEUR

Histoire d'un j.h - adolescent
qui a le don de plaire
et qui plaît _
Il se fait passer pour le
neveu d'? général sans
le moindre sentiment
de gêne _

Cet ouvrage a été composé
et achevé d'imprimer par l'Imprimerie Floch
à Mayenne, le 18 mai 1987.
Dépôt légal : mai 1987.
1er dépôt légal dans la même collection : novembre 1973.
Numéro d'imprimeur : 25528.

ISBN 2-07-036480-1 / Imprimé en France

41034